MADMAN BOVARY

DU MÊME AUTEUR

Ezzelina, Arléa, 1986, Arléa-Poche, n° 139.
Insula Batavorum, Arléa, 1989.
Dialogue entre un certain Du Casse et Jean-Baptiste Troppman, assassins, La Pionnière, 1993.
Le Massacre de Pantin ou l'Affaire Troppmann, Fleuve noir, coll. "Crime Story", 1994.
Eloge de la vache folle, Fleuve noir, 1996.
Livre XIX, Verticales, 1997.
Enfilades, Verticales, 1998.
Tout son sang brûlant, La Pionnière, 2000.
Chair électrique, Verticales, 2003.
Bunker anatomie, Verticales, coll. "Minimales", 2004.
Black Box Beatles, Naïve, coll. "Naïve sessions", 2007.
Vers la grâce, Association Minuscule, coll. "Miniatures", 2007.
Madman Bovary, Verticales, 2008.
Le Clavier cannibale, éditions Inculte, coll. "Temps réel", 2009.
Mille milliards de milieux, Le Bec en l'air, 2010.
CosmoZ, Actes Sud, 2010.
Plonger les mains dans l'acide, éditions Inculte, 2011.

ISBN 978-2-7427-9678-6

CLARO

MADMAN BOVARY

roman

BABEL

for Nic

I

Passion

« Quand j'écrivais l'empoisonnement de Madame Bovary j'avais si bien le goût de l'arsenic dans la bouche, j'étais si bien empoisonné moi-même que je me suis donné deux indigestions coup sur coup, – deux indigestions réelles, car j'ai vomi tout mon dîner. »

Lettre de Flaubert à Hippolyte Taine
(20 novembre 1866)

1

C'est à se demander si je suis mort.

Mes yeux ne voient plus que mes yeux, deux trous où s'entassent des braises. La fièvre joue de ces tours… L'instant d'avant : Estée, puis plus rien.

Il est cinq heures du matin et déjà mon corps semble furieux contre lui-même. Je deviens tendons. Le sang dans mes veines fait presque du bruit. Je suis en proie à une étrange nausée, comme si toute la mélasse extérieure voulait entrer en moi, par la bouche, les narines, les oreilles, le pli du cul. Ma volonté se contracte par intermittence, de l'eau goutte quelque part à l'autre bout du monde. Estée. Je devrais me lever, dresser en moi tout ce qui rêvait naguère de verticalité, sortir de mes gonds, oui, c'est cela, arracher le battant de mon inanité à ses derniers gonds. Mais l'ampoule morte suspendue au-dessus de mon lit en sait plus que moi. Je ne suis pas prêt.

Un geste et aussitôt la radio m'apprend tout ce que je veux savoir : flore, faune, climat, petits métiers oubliés, rancœurs, vengeances, le sel versé sur les plaies volubiles, un accident ici et là et un peu partout l'inexorable concentration des camps. La douche me répète ces vérités de façon diffuse et mes peaux mortes disparaissent dans le trou du bac sans que j'en conçoive de l'affliction.

Une chanson grave son sillon dans ma tête et je dévale sa volute jusqu'à son point d'évanescence, où elle se résorbe dans un sifflement suraigu. Ce n'est pas que la fièvre, il y a autre chose, j'ai dû glisser, me rompre. Estée.

Je m'imagine orage, épluchure, bassin d'épuration, rien n'y fait. Du sable coule le long de mes jambes au demeurant inertes. Une odeur d'étable. Je m'empare d'un chiffon, d'une chaussette, l'enfonce dans ma bouche, je crie, une sensation de bonheur à rebours me plie en deux.

Estée me disait : Quand tu es comme ça, on ne te voit plus.

Par la fenêtre, je vois une grue pivoter sur son axe. Va-t-elle décrire un cercle ? Il est clair que le monde a un sens, je lui dois bien ça. Il ne sert à rien de tout reconstruire au réveil.

Je prends un livre au hasard sur la pile à côté de mon corps et l'ouvre non sans peine. Les pages en sont si lisses que mes doigts croient caresser, une dernière fois, sa peau.

Au début, les lignes restent empilées les unes au-dessus des autres, puis des rigoles apparaissent, des fêlures blanches qui redonnent peu à peu un semblant de vie au rectangle noir. Enfin secs, mes yeux reconnaissent l'aberrante géographie de l'alphabet et il m'est donné de lire une phrase, une seule : « Nous étions à l'étude, quand le Proviseur entra, suivi d'un *nouveau* habillé en bourgeois et d'un garçon de classe qui portait un grand pupitre. »

C'est *l'entrée en matière* de *Madame Bovary*, le seul roman de Flaubert que j'ai lu et relu plus de dix fois, pour diverses raisons, à diverses époques. Toutes oubliées. Estée, me dis-je, Estée n'y sera pas. Je vais lire le livre d'une traite, train épris de rails, et quand le dernier tunnel me recrachera à l'air libre je serai guéri.

Madame Bovary : je te connais par cœur. Tu seras ma salvatrice musique d'ascenseur, mon passeport « easy listening » pour le monde des vivants, ou des zombis, peu importe, je corserai l'eau bénite s'il le faut, mais je survivrai au passage. Lire est évident, comme le mouvement de bascule du tabouret quand la corde se tend.

2

Estée me disait : C'est à se demander si tu es là.

3

Vous n'avez rien, me dit le médecin, quelques jours plus tard.

Ce noble praticien est grand, très grand, et sur son toit se posent aussitôt trois hélicoptères d'où bondissent, hilares, des singes. Sans le moindre état d'âme, il me refuse espoir et morphine – non, je ne serai pas remboursé. Je lui pique son presse-papiers en plomb, à la surface duquel sont gravées des structures moléculaires. (L'objet pèse à peine plus lourd dans ma poche qu'un téléphone portable. Pourtant, il parle, m'appelle, me raccroche au nez. Est-ce vraiment un presse-papiers ? Qu'est-ce qu'un presse-papiers ? Je serais tenté de répondre : un livre.) À peine ai-je fait quelques pas dans la rue que la nausée m'oblige à me précipiter dans un bar. Je longe le comptoir et me réveille dans les toilettes. À peu près.

Prescrivez-moi la lecture de *Madame Bovary* : voilà ce que j'aurais dû demander à ce drôle de docteur. Une petite injection flaubertienne, par pitié, cinquante millilitres, c'est tout. Je retourne vivre sous mes draps, là où mon sexe sait se défendre et mes ongles ne pas trop se salir. Le téléphone sonne. Les cloches sonnent. L'interphone sonne. *Madame Bovary* n'est plus là, nulle part sur le lit, je panique. À quatre pattes, je redeviens le porc que mes parents ont cru dresser, du groin je fouille la boue, les draps, je couine, je grogne, tous mes amis absents me jettent des épluchures, je ris.

Je remue, éparpille les autres livres, mais c'est toujours le même titre qui revient, toujours le même nom : Estée. Estée qui a dû racheter l'entier corpus de la littérature mondiale, coucher avec tous les pisse-copies depuis le paléolithique jusqu'à la date donnée aujourd'hui par le journal. Elle aura sucé les poètes, enfilé son index dans le cul du plus audacieux des prosateurs, peigné le moraliste et confit jusqu'au plus graveleux des mémorialistes. Le résultat est là, en caractères étriqués : *Estée Quichotte. Le parfum d'Estée en noir. Mademoiselle Estée. Critique de l'Estée pure. Les Fleurs d'Estée. Finnegans Estée.*

Je me rends au café du coin et dessine des clous sur la nappe. Je manque d'organisation, c'est tout.

Me dis-je.

Quand je veux emporter la nappe avec moi, je m'aperçois que malgré les verres disposés en pyramide elle glisse toute seule et bientôt me recouvre le visage. La nappe est un drap et à cinq heures du matin tous les cafés du coin sont fermés. Bien sûr. Il y a une logique, mais elle ne veut pas de moi.

Dans le frigo, *Madame Bovary* m'attend, entre un poireau et une barquette de riz. Je la sauve et l'embrasse. La serre contre mon cœur de pyjama. Viens te coucher, viens me toucher, je n'en peux plus.

Estée me disait : À quoi bon si c'est pour en arriver là.

4

« Nous étions à l'étude, quand le Proviseur entra, suivi d'un *nouveau* habillé en bourgeois et d'un garçon de classe qui portait un grand pupitre. Ceux qui dormaient se réveillèrent, et chacun se leva, comme surpris dans son travail. »

Ce n'est pas un hasard. Il existe bel et bien des formules magiques, de curieux saucissons syllabiques que l'esprit débite sans même y penser. La faim s'invente à mesure.

J'avais réussi à oublier ma première lecture de *Madame Bovary*, laquelle procède toujours par violence et défloration, n'étant que coups de canne blanche, ricochet des yeux et bégaiement des oreilles. J'avais également oublié la deuxième, cette négligente résurrection de la mémoire parsemée de révélations aussitôt fanées. Et ainsi de suite, la troisième court-circuitant la deuxième et reniant la première, la quatrième se pavanant et la cinquième se leurrant, jusqu'à ce que chaque couche, salement imbibée de la précédente, soit dissoute dans sa propre négation déguisée en affirmation. J'avais dû apprivoiser Estée de la même façon.

La *Madame Bovary* née de mes lectures bégayantes avait eu le temps de trébucher, de s'écorcher la gueule, d'avoir ses règles, de soudoyer son auteur. De repriser mes caleçons. J'étais nu, désormais, et ne le savais pas.

« Ceux qui dormaient se réveillèrent, et chacun se leva, comme surpris dans son travail » : Des nations entières nous imiteront, un jour, des armées désarmées, des gueux perclus, des demi-dieux à la sauvette. Il faudra bien en arriver là. Je montrerais l'exemple si j'avais mon mot à dire. Ma pipe à casser. Et signerais, tant qu'à faire : *Madman Bovary*.

Oublie-moi, disait Estée. Exigeant de moi que je n'oublie jamais de faire ce qu'elle me demandait : l'oublier. Mais encore ? Ceux qui dormaient se réveillèrent ? Ceux qui ne dormaient pas, ceux-là, qu'ont-ils fait ? Soudain, je ne sais plus par quel bout me relever, le Proviseur entre, il entre bel et bien, d'un pas martial et enjoué, accompagné comme il se doit du *Nouveau*…

Le livre est ouvert entre mes mains, il me cache mon corps, restreint ma vision dite périphérique, semble grandir en temps réel. Il est le temps réel et la croissance. J'abaisse la glissière de chair qui palpite au côté gauche de ma poitrine et extirpe le mou sanguinolent de mon cœur, tout pailleté de confettis, que je tends au roman de Flaubert en chantant bon anniversaire ou embrasse-moi poupoule. La fête peut commencer.

5

Resté dans l'angle, derrière la porte, si bien qu'on l'apercevait à peine, le nouveau était un gars de la campagne, d'une quinzaine d'années environ, et plus haut de taille qu'aucun de nous tous. Est-ce un prédateur, un golem, mon père revenu d'entre les vieux et les troènes pour s'incarner dans un gars de la campagne, d'une quinzaine d'années environ, et plus haut de taille qu'aucun de nous tous. Stop ! Je me décolle de la scène, mon fond de culotte émet un bruit de succion en se détachant du siège en bois et je – non, impossible, je suis encore debout, le Proviseur, je le sais, va nous faire signe de nous rasseoir. C'est plus fort que moi.

Le Proviseur nous fit signe de nous rasseoir ; puis, se tournant vers le maître d'études

C'est plus fort que moi, je répète : de nous rasseoir ; puis, se tournant vers le maître d'études

Et voilà que la simple conscience de ce point-virgule arrivant après ce « rasseoir » auquel j'aspirais de toutes mes faiblesses, voilà que ce point-virgule, ce point-là sur cette virgule-là, cette tête-ci sur ce corps-ci qui se courbe pour mieux tomber, voilà que ma dernière volonté m'hameçonne et me tire hors de l'eau d'oubli.

Je connais la suite. Comme si je l'avais déglutie et digérée, recrachée, cachée, puis oubliée. Le Proviseur va s'adresser à Monsieur Roger, à demi-voix – pas en murmurant, ou en baissant le ton, ou en détachant les syllabes, non : *à demi-voix* – et lui présenter l'élève qu'il vient d'introduire dans la salle de classe, mais aussi dans le Livre, mais aussi : dans ma tête.

6

Poisson hameçonné, donc, mais pas encore arraché à la flaque bavarde, je sais combien ma lecture est fragile. Les mots n'ont pas encore trouvé leurs racines, le phrasé demeure branlant comme une dent sous le davier, je dois fermer des yeux que je serais incapable d'écarquiller pour mieux voir les limites de l'écran qu'interpose la lecture.

Si je passe d'un groupe de lettres à l'autre sans volonté de ricochet, si j'enjambe des relatives ou piétine des incises, je sais ce qui se passera. Le crabe du regret refermera ses pinces sur mes couilles et adieu ivresse. Pour ligaturer convenablement l'obnubilant chagrin, les armes sont chiches et souvent mal affûtées.

Bon. Ramassez un galet, glissez-le dans votre poche puis courez, courez. Ça cogne. Ça tressaute. Coupez vos poches. Bovarysez tout ce qui contient et protège. Je rêve d'une poche qui ne me contienne en rien et se paie de mots, une vesse assez résistante pour n'empocher que mes gains et laisser vaquer au vent les mille et une pertes de ma petite personnalité.

J'aurais pu me rouler dans la steppe de Jivago ou m'égarer entre les lustres du Grand Meaulnes, enfiler le fin coton de Mademoiselle Else ou désapprendre à vivre avec Pavese, mais le sort a voulu que mon dévolu épouse celui de cette sotte Emma B. et c'est tant mieux. Tant mieux pour Madman Bovary !

Flaubert peut être fier de lui : il a bouffé un bourgeois de plus.

7

Je n'arrive pas à laisser entrer ce *nouveau* dont je sais tout et n'espère rien. Mon verrou bloque encore. Je reste un lecteur apprivoisé de Flaubert, un macaque qui prend la branche pour son manche et l'astique jusqu'à l'irruption florale. Je dois emporter avec moi un gri-gri et veiller à ce que ses vibrations ensorcellent ma énième lecture. Oui. Je ne vais pas végéter tout l'âge adulte dans ce chapitre introductif que je connais sur le bout des doigts. Acquérir de la vitesse, tout est là. Laisser le vent familier du roman vous caresser les mèches, tandis que vos yeux bovins laissent filer l'indolente loco. Tout un art. Méthode, donc.

Quel souvenir anéantir avant de partir, et qui soit la fleur absente de tous ces bouquets pourris dont le vase de ma tête ne veut plus ?

Me dis-je.

8

Je le tiens, ce souvenir ! Il était là, dissimulé dans les motifs de ma peur. Il commence par la soif et, sans doute de même, s'achève.

9

Le café a fini de refroidir dans la transparence du verre, et il importe ici que le mot café, son marc verbal, laisse son dépôt au fond de la mémoire, tout comme son goût, aussi âcre soit-il. La musique menace de se taire à tout moment, mais pour l'instant sa magie opère, et c'est tant mieux. Des bruits de travaux à l'étage du dessus font vrttzkkk, ghrrmm, anticipant, je crois, les cris à venir. Estée m'attend sans vraiment m'attendre, s'activant au sein de cette impatience que nos rendez-vous ont codifiée. Elle est encore l'Estée de mon hier mais sûrement pas celle de son aujourd'hui, en cela réside le piment de nos retrouvailles. Nos mains ont des choses à faire et défaire.

(Sous les draps, à quelques lignes de *Madame Bovary*, je répare le mal.)

Entre les épaules d'Estée, qu'elle m'offre sitôt la porte ouverte, une intention roule puis s'écoule dans la saillie du coude, où je vais. Dans un monde purement géométrique, les axes s'inclinent à mesure que les plans s'embrassent. Chez les amants promus au clash, *idem*.

Nous ne disons que le strict superflu, afin d'imiter cette légèreté qui nous fuit. Toutes nos phrases s'achèvent par des points d'interrogation que nos demi-sourires avalent goulûment. Je referme ma main sur sa nuque et sens ses pieds exiger du sol quelque élan. Mon autre main caresse sa hanche et bien sûr l'invite à tourner. Le souvenir n'est que chorégraphie et souplesse, là où la vie nous faisait nous cogner aux angles de la table et nous prendre le pied dans la pelure du tapis. Mais je vais partir si loin, si seul, que lésiner n'est pas à mon programme amer.

(Continuons. Brodons. Soyons la mièvre brodeuse de cette fantastique déréliction.)

Le rideau de la chambre japonise les doigts et les mèches des plantes. Un peu de soleil fait vague. Estée m'approche ses lèvres, que j'évite d'une langue soudain sèche. Ma vessie pleine m'oblige à construire en quatrième vitesse une salle de bains contenant une armoire à pharmacie dont le miroir coulisse aussitôt pour me révéler un flacon de laudanum qui ne devrait pas être là mais que je biberonne sans tarder tout en caressant des doigts les culottes qui sèchent sur les tiges raides.

Je reviens dans le salon où Estée, davantage perchée qu'assise, feint de s'ennuyer de ma vulgaire disparition. Je la rejoins sur le canapé et sans qu'elle s'en rende compte lui confesse tous mes maux d'un petit coup de genou. Elle me prend les joues et me mord le nez. Je soulève son pull et gobe. Réticence, abandon, tout se joue dans l'intervalle.

(Sous les draps, le gland taquine le dos du livre.)

Estée s'humecte à mes yeux. Je, troublé, la dépossède de ses boutons et pressions. La musique marque un temps puis jouit d'avance dans un solo que je connais. Tout noués l'un à l'autre, nous titubons vers sa chambre qui ne possède, à ma connaissance, aucune porte. Les paumes savent la suite, enduites du peu de salive que nos bouches leur accordent. Je monte le son.

J'entends ma voix. Elle me dédie son tout premier soupir et je le laisse m'embuer du rectum à la plante des pieds, manquant jouir des cuisses qui déjà s'énervent.

(Mon souvenir s'efface à mesure qu'il s'invente, tout entier acquis à la négation de ce qu'il surexpose.)

Estée se relève d'un bond, mordue par le cobra qu'on appelle joie, et s'absente, au point que ma peau ploie sous la notion de sevrage. Immobile, je délègue à mes oreilles le droit et le devoir de surveillance. Ce que j'entends est donc, ne peut être, que le son de ses fesses sur l'oméga des toilettes, cet autre bruit est forcément le chapelet qu'égrène son méat et, oui, bonheur, ce frottement feutré est celui du papier toilette contre les poils de son sexe, trois doigts pressés suffisent. Elle recoiffe sa touffe d'un coup d'ongles pressés puis me rejoint, les yeux comme extirpés de l'obscurité que nous impose le grand jour.

Je ne cesse de m'insister, de m'inciter en elle. Elle est partie deux minutes, trois ans, elle est partie et cela a suffi à m'écorcher. Au moment de la revoir, je ferme les yeux, juste pour mieux. La voir se passe d'yeux. Adieu. Non, pas encore ! Elle descend sur moi dans un silence concerté et je repasse par le chas de tous les gestes retenus jusqu'ici. Nous refusons la satiété. Elle confie alors à mon ventre des vérités que seules mes hanches connaissent. Je lui dissimule des secrets que ses chevilles m'extorquent. Elle m'écarte et son inventaire m'est douleur, crème, indicible. Je voudrais me baigner dans le verbe défaillir. M'y pâmer conscient.

Mais souvenir n'en peut plus. Il plie bagages, efface

les traces. Je veux sentir crisser son ombre et claquer ses sutures. Une dernière fois.

Ailleurs, tout près, dans un lieu que j'intitule malgré moi *ici-là*, la Bovary m'attend, sévère dans son costume de papier et de carton, un peu de colle aride le long de son dos. Pour la mériter, j'ai consenti à désosser l'identité de mon ultime émoi. Que dit déjà, à quelques pages d'ici, la chanson du vagabond ? Quelque chose comme…

Il souffla bien fort ce jour-là,
Et le jupon court s'envola !

C'est cela ! Le jupon court, s'envole ! Le souvenir ! le souvenir ! La branche casse, enfin. Je n'ai même pas le temps d'en recueillir la sève et de la porter à mes lèvres se sont refermées sur le nom d'Estée m'a quitté. Une ombre s'avance, danse. C'est lui, c'est lui ! Le maître d'études. Le maître de Madman Bovary ! Il me fait signe de ne pas bouger. Puis :

« Voici un élève que je vous recommande, il entre en cinquième. Si son travail et sa conduite sont méritoires, il passera *dans les grands*, où l'appelle son âge. »

Je suis *l'ancien*, qui vient, vaincu d'avance. Un veau. Tout est écrit. Me voilà dans *Bovary*.

10

Dès lors, je sais ce qui va advenir, non pas tant parce que ma lecture-souvenir est aussi vivace qu'un bûcher où continuent de brûler toutes les pages lues, mais parce que sa séquence ininterrompue se déroule aussi bien dans la boîte de ma tête, telle une bande originale qu'on peut écouter ou pas selon le degré d'influence qu'on accorde à ses motifs, que partout autour de moi, puisque je suis, pour le meilleur ou pour le pire (mais je soupçonne, par expérience, l'option n° 2), embrigadé dans sa prose, requis par son intrigue, condamné à son déroulement.

Non seulement *Madame Bovary* figure en moi tel un virus qu'un rien – un imparfait longtemps tenu, un point-virgule de maître d'orchestre – réveille, mais me voilà inscrit dans *Madame Bovary*, dans son implacable registre, et qui plus est doté d'un statut étrange, puisque ni personnage – c'eût été plaisant – ni décor – nulle transmigration – mais *mouvement même de la lecture*. Je suis le temps des pages tournées de *Madame Bovary*. Leur maudit tam-tam.

Je sais où je vais, n'étant plus qui je fus. Et je me doute bien qu'invoquer Estée au détour d'une page ou d'une autre ne sera pas du meilleur goût. Sera déplacé. (J'y songe néanmoins.)

11

Le nouveau me fait la plus seyante des impressions, même s'il s'immisce dans ma lecture pour la énième fois. Je ne me lasse pas de le voir s'avancer en piteux pantin dans la salle de classe, on dirait l'idiotie conviée par la cruauté, situation qui me parle.

Il avait les cheveux coupés droit sur le front comme un chantre de village, l'air raisonnable et fort embarrassé. Quoiqu'il ne fût pas large des épaules, son habit-veste de drap vert à boutons noirs devait le gêner aux entournures et laissait voir, par la fente des parements, des poignets rouges habitués à être nus. Ses jambes, en bas bleus, sortaient d'un pantalon jaunâtre très tiré par les bretelles, bretelles que j'ai envie de saisir à deux mains et de secouer, secouer le *nouveau* et tout ce qu'il a en lui d'avenir, faire trembler sa masse encore sage pour la contraindre à se déployer, et à coups d'ongles et de dents, mais sans griffer ni mordre (le sang ici-là est interdit), réveiller en lui l'imminent médecin de campagne, lui dire, en somme, et oralement, mais sans parler ni crier (la voix ici-là est caduque) : Allons, tu sais bien, charbovari de mes deux, que tu vas l'aimer, aimer Emma, qu'Emma va te tromper, t'en faire baver, te tourmenter, déjà elle allonge le cou comme quelqu'un qui a soif, elle colle ses lèvres sur le crucifix, elle en suce la moelle, *ta* moelle, ton jus insipide de faux jésus, et tu la vois alors déposer le plus grand baiser d'amour que jamais tu n'oseras graver sur la gueule d'une page. Alors sors de tes gonds, Charles, moi je ne peux pas, sors de ta chair et brise le sage cristal de l'étude, et surtout, surtout, par pitié, bouffe ta casquette. Moi je ne peux pas. Pas encore.

12

Il s'agit, je le sais, ne le sais que trop, d'une de ces coiffures d'ordre composite, tout comme moi, qui suis, plus que jamais, super- extra- hyper-composite, fait d'un peu de papa d'un peu de chapska d'un peu de bonnet à poil d'un peu de maman aussi, les deux mêlés et enlacés pour mieux me chapeauter, et faire de moi un chapeau rond, un avorton, une casquette de loutre, un jean-foutre, un bonnet de coton, bref, rappelez-vous, une de ces pauvres choses dont la laideur muette dit assez l'imbécillité générationnelle qui en accoucha – et j'en veux soudain au nouveau de m'offrir, sous les espèces de son couvre-chef charbovarien, la recette à la fois chimique et psychique de mon être en sempiternelle décomposition, car je suis moi aussi ovoïde et renflé de baleines, molletonné de boudins circulaires, finissant en sac ou en polygone cartonné, je ne sais, ou plutôt si je sais, mais ce brevet d'arlequin définit assez bien la pathétique invention qu'est ma petite personne broyée et mitonnée à la sauce Croisset.

La casquette de Charles B., que j'ai si souvent autopsiée en pensée sans jamais oser m'en coiffer, me sourit maintenant à même la surface du reflet où mon visage refuse de se noyer. Je pourrais, si je voulais – et le vouloir est facile… –, en rester là, rester là, dans ces losanges de velours et de poil de lapin, mémoire de lapin écorché moi-même, géométrie soyeuse mais parfaitement crétine, avec pour seule âme ou ambition, au bout d'un long cordon trop mince qu'aucun courant électrique ne relie plus à la matrice honnie, un petit croisillon de fils d'or en manière de gland, bref, devenir cette effroyable matrice, cette évidence aussi vaine qu'utérine que vient couronner le pompon odieusement doré de moi.

Mais : Levez-vous dit le Professeur. Il se leva : sa casquette tomba.

13

J'ai encore le choix. Rester chapska, bonnet de poil, bref, quelque chose de grotesque – quoique, je le répète : de *composite* – ou bien (mais fissa !) me laisser emporter et tourbillonner d'une page à l'autre, remonter en truite le courant jusqu'à Charles-Denis-Bartholomé le père du *nouveau*, un ancien chirurgien-major passablement compromis dans des histoires de conscription et qui n'hésiterait pas à me provoquer en rase campagne. À l'aube, direct, pan !

Je pose mon regard sur la casquette au visage imbécile, comme il est dit, puis compare mes chiches ambitions avec l'avenir que cette monstruosité me propose. Un court instant, la stupéfiante meringue renonce à tous ses attributs, elle devient substance, et substance simple, comme si sa multiplicité animale, la cacophonie de ses cellules, par la simple magie de ma présence surnuméraire en ces lieux et pages, comprenait la vanité de tous ses futurs éparpillements, et renonçait à ce fumeux composite qui ne peut que mener à notre commune déflagration.

Cette substance, je le sens, s'offre, *in extremis*, le luxe de l'unicité, l'illusoire orgasme de l'un – mais au prix de mon abdication, cela ne fait aucun doute.

Je me surprends à courtiser la masse de cette chose au-delà de toute chose. N'être que ça. Ce tumulte chu. Tout couturé aux yeux de l'écolier, mais plus entier que la plus ancienne planète aux miens.

Puis, d'une voix plus douce :

— Eh ! vous la retrouverez, votre casquette, on ne vous l'a pas volée !

Bien sûr. Bien sûr. Quel cas je suis. Pire : quel gland pendouillant au fil ténu du mauvais cordon. Mais j'ai perdu Estée et que celui qui n'a jamais perdu d'Estée ose s'avancer ici, dans l'arène de l'étude, et dire que, casquette, non jamais, merci bien.

J'ai été à deux doigts de me défiler. J'en suis quitte pour recopier cent fois les mots *ridiculus sum.*

Puis, d'une voix plus douce :

— Eh ! vous la retrouverez, votre casquette, on ne vous l'a pas volée !

14

Et tandis que, de la bouche démesurée du *nouveau*, surgit ce *freak*, ce nom qui est le nom du chaos refusant tout baptême, ce « Charbovari » qui autrefois me semblait arlequiné et composite (mais dont j'éprouve aujourd'hui la froide résistance), alors que le vacarme s'élance d'un bond et monte en *crescendo*, dans des éclats de voix aigus, je me sens à mon tour charbovarié, mâché, je vois Estée reculer au bout du couloir de notre défaite, je vois le joyeux halo ses cheveux roux fondre et teinter cette robe qu'elle ne portera jamais, une large et longue tunique sur laquelle alternent, séparés par une bande rouge, des losanges de velours et de poil de lapin.

Prisonnier du sillon de la phrase, soc je suis, et mon éternel retour est une lente progression vers la nuit, le bocal bleu, la saveur âcre et cette soif qui me fera, moi aussi, comme Emma, crever.

Enfin, je crois.

15

Il souffla bien fort ce jour-là,
Et le jupon court s'envola !

16

Le père de Charles, je le suis de loin, de haut, je me fais faucon, point de vue nuage, je traverse en piaillant la fumée qui sort de ses grandes pipes en porcelaine. Sa mère m'importe aussi peu. J'en ai soupé, écolier, de ses monologues sans fin, pleins de gaietés mélancoliques et de chatteries babillardes. J'ai connu ça, avant, ou après, c'est selon, mais je n'oserais les taxer de chatteries ni les qualifier de babillardes, je ne saurais mesurer le poids sur ma tête de ses vanités éparses, brisées. Sans doute parce qu'elles auraient dégouliné sur mon visage comme du jaune d'œuf à du blanc mêlé, amour et sottise conjugués, et bris de coquilles en sus, après que l'œuf se fut, bref, je n'ai pas eu de mère comme Charles pour m'enseigner, sur un vieux piano, à chanter deux ou trois petites romances et toutes ces comptines algébriques qui vous aident à additionner les trop longues heures pour mieux vous en soustraire. Certes. Elle avait tant souffert, sans se plaindre, d'abord, quand elle le voyait courir après toutes les gotons du village et que vingt mauvais lieux le lui renvoyaient le soir, blasé et puant l'ivresse, vingt mauvais lieux à parcourir encore et encore, en rêve, en aveugle, par procuration et de gaieté de cœur, dans un sens puis dans l'autre, une première fois d'un pas confiant alimenté par le ressort de l'impatience, ah ces gotons, ah ces gorgeons, une deuxième fois en décrivant des lacets et des brisures, une troisième à genoux, une quatrième en rampant, une cinquième limace, bave, puis de nouveau conquérant, Attila, lièvre, la queue touffue, puis sourd, infirme, taupe, cela commence à faire plus de vingt lieux, mauvais ou pas, selon moi beaucoup plus de vingt lieux, 20, 120, attention, virage ; à les additionner on deviendrait fou, casquette, jupon, fils mort. Mais virgule à tout cela virgule M. Bovary virgule peu soucieux des lettres virgule disait que ce *n'était pas la peine* point d'exclamation.

17

Il serait maintenant impossible à aucun de nous de se rien rappeler de lui.

18

Allons bon.

19

Il serait maintenant impossible à aucun de nous de se rien rappeler de lui.

20

En se répétant, bizarrement, les choses, soit entêtement soit inconscience, avancent néanmoins, m'avancent de quelques cases, me donnent des coups comme des échos, j'accuse le coup, à quoi bon reculer. C'est comme d'oublier Estée : un travail de titan qu'accomplit mon esprit fourmi à chaque instant et quand la montagne a été déplacée il me faut encore la gravir pour croire qu'elle ne domine plus rien.

(Elle fumait en picorant, boutonnait et déboutonnait ses gilets tout en avançant le pied gauche comme pour tâter la température de quoi on se le demande, et puis elle chantait d'une voix que j'aurais pu effriter du bout des doigts tant elle avait la rugosité du sable et comme le sable accumulait quasi indéfiniment la chaleur tombée bien malgré lui du soleil quel soleil ? Sois sable, me disais-je, une fois dans ta vie sois sable, et retiens, mais pas la leçon, juste *ça*, ce processus, ce miracle, comment fait-elle comment fait-elle comment fait-elle pour parler du fond du sable je sens que je m'enlise. Et retiens, disais-je, et retiens, tiens, mais pas la liaison, non, pas la liaison, la leçon, ou plutôt pas la leçon, oui, juste ça, mieux, juste *ça*, ce processus, ce miracle, ce moment où ce qu'on boutonne et ce qu'on déboutonne actionne une bonne fois pour toutes la trappe par laquelle on passe, crac le cou, crac le cœur, j'ai dit le cœur ?)

Il serait maintenant impossible à aucun de nous de se rien rappeler oh mon Dieu si au moins c'était vrai.

21

Allons je dois je crois me reposer. Je vais, sinon, casser. Dans les beaux soirs, oui, c'est cela, dans les beaux soirs d'été, à l'heure où les rues tièdes sont vides, quand les servantes jouent au volant sur le seuil des portes, il ouvrait sa fenêtre et s'accoudait, et j'en profite pour être ces deux coudes et l'angle qu'ils forment sans douleur aucune sur le rebord par rapport à ce corps que je n'ai pas besoin d'occuper puisque ce n'est pas le mien, *ici-là* ce n'est pas le mien, en rien je ne suis lui pas plus qu'il n'est ou ne voudrait j'en suis sûr être moi, car je n'ai aucun coude à offrir, et sûrement pas deux coudes aussi purs, tracés à l'encre par Flaubert du fin fond puant de Rouen. En face, au-delà des toits, le grand ciel pur s'étendait, avec le soleil rouge se couchant, tandis que je me retiens de foncer tête baissée tête la première sur ce décor, ayant trop peur de le voir basculer en page qui tourne et derrière plus rien, ou d'autres pages. Vous vous rappelez : Il serait maintenant impossible à aucun de nous – oui, vous vous rappelez.

Est-ce que je veux vraiment que Le Proviseur nous fit signe de nous rasseoir ; puis, se tournant vers le maître d'études ? Non, pas l'éternel retour du même, juste sa savante noyade et moi avec.

22

Il prit l'habitude du cabaret, avec la passion des dominos.

23

Celui qui a le domino le plus fort commence et doit poser ses dominos en les combinant (c'est-à-dire qu'un des côtés du domino posé doit porter le même nombre de points que le domino sur la table) jusqu'à ce qu'il n'ait plus rien à placer. Alors le joueur suivant place à son tour ses dominos jusqu'à ce qu'il n'ait plus rien à placer. Les doubles sont placés perpendiculairement.

On doit poser les dominos à la suite les uns des autres.

Le premier qui a posé tous ses dominos compte les points des dominos qui restent dans les mains des autres joueurs et se les attribue.

Si personne n'a posé tous ses dominos, c'est celui à qui il reste le moins de points sur ses dominos qui marque les points restant sur les dominos des autres joueurs.

Celui qui domine.

24

La passion ?

Beaucoup de choses comprimées en lui se dilatèrent.

25

Essayons. Disons que j'ai le domino le plus fort, c'est une machine de guerre à mener hors de soi, un fier moment casqué de noir et cuirasse blanche, il s'avance, jamais on ne vit domino plus imposant, je le pose, il écrase tout, sous lui des bras et des jambes se tordent mais les cris ne parviennent pas (ici-là, pas de son). Le domino le plus fort ! Tu parles, Charles ! (De toute façon on n'entend rien, ici-là.) Donc, le roi des dominos, plus cruel que tous mes dénis, posé en premier, comme pour dissuader tous les autres petits minables insignifiants peureux faibles puants mesquins ridicules dominos d'oser accoler leur cul contre son mufle. Jamais, dis-je, vous n'oserez. Le domino le plus fort a cet avantage pour lui qu'il se sait seul, au-dessus des lois pourtant dominantes, et si son corps semble coupé en deux c'est pour mieux dédoubler sa force, pour mieux décupler cette rage absolue qu'il n'aimerait pas voir se retourner contre lui, oui, là encore, gaffe ! Combien de dominos me reste-t-il ? Cent, deux cents, mille, deux ?

J'ai mis la section points noirs|surface blanche en premier, un seul point en fait mais juste après, surprise : surface noire|points noirs. Ce doit être une erreur, je vérifie.

Surface noire, c'est sûr, presque laquée, dessous le bois, le buis, si léger même si, bien sûr : le domino le plus fort.

Points noirs. Pas de doute. Même sur la surface noire je vois les points noirs, cent, deux cents, mille, deux, qu'importe, le plus fort, vous dis-je. La passion. Noir sur noir, c'est ça ma force, par cet artifice je domine. Autant de points noirs qu'il faut pour que la surface soit plus noire qu'une surface noire dépourvue du moindre point, noir ou blanc. Un ciel entier de nuit trouée de trous noirs, disons des astres, disons des trous noirs, disons constellé, et pour le ciel je ne sais pas, disons juste la nuit, mais pas l'oubli, pas la peur.

Le dernier domino. Naturellement virgule par nonchalance virgule là encore il en vint à se délier de toutes les résolutions qu'il s'était faites.

26

Jusqu'à ce qu'il n'ait plus rien à placer : oui, je comprends mieux.

27

J'ai dû perdre connaissance, paragraphe, patience. Rapide traversée d'un paysage noir et blanc crevé de taches noires et blanches, rapide traversée de ma peur, aussi, je suis tordu, fêlé, fracture. Plus simple encore : je suis cette fracture de la jambe qu'est venu soigner Charles. La jambe appartient au cultivateur Rouault, mais la fracture reste mienne, bénigne, certes, mais nécessitant néanmoins toutes sortes de caresses chirurgicales qui sont comme l'huile dont on graisse les bistouris. Ce que je ressens, c'est la douleur de l'os qui remplace mon être. L'ai-je déjà éprouvée ? Ai-je déjà été os ? Et qui m'a cassé ? Estée ? Tout seul l'os se casse, tout seul il se répare, la peau un temps violacée retrouve vite sa teinte brune, en attendant la noire.

Je ne suis pas sûr de vouloir quitter la magie de la fracture pour devenir cette cravache que Charles a égarée et qu'Emma cherche. Mais la chose se fait comme on perd la raison, à coups de nerf de bœuf bien placé, donnés et encore donnés, jusqu'à ce qu'on ait cessé de jalouser l'idée même de santé. Et c'est cela qu'Estée a dû sentir quand elle s'est désistée.

28

Je vois la main d'Emma fureter sur le lit, derrière les portes, sous les chaises : rien de plus inquiétant qu'une main qui cherche une cravache quand l'homme qui a perdu l'une rêve déjà de demander l'autre. Moi, je suis là, de cuir tressé, entre les sacs et la muraille. Je suis la reine des cravaches ! je peux tout cingler si je veux, les flancs des montures, la gueule des paysans, renverser les lampes à pétrole et fendre les rideaux, chatouiller le nez de la servante, peut-être même déchiqueter en rapides moulinets la liasse de pages qui m'emprisonne. Je peux, dans l'ordre : Cravacher Charles, cravacher Emma, cravacher le vieux Rouault, cravacher l'ombrelle, de soie gorge-de-pigeon, que traverse le soleil et qui éclaire de reflets mobiles la peau blanche de la figure d'Emma. Cravacher la phrase, aussi, afin qu'elle presse l'allure, saute les fossés, piétine les pauses.

La liste des choses dont je suis capable est quasiment infinie, vertigineuse, je m'y égare comme dans une idée fixe dont on a oublié l'objet. Il ne manque qu'une seule chose pour parvenir à l'infini + 1, renoncer tranquillement à cette ânerie d'infini afin de me consacrer à ce + 1 qui en met du temps.

Mais, sans colère ni violence, me lacérer moi-même,

quelle ironie ! quelle victoire ce serait. Ne rêvons quand même pas.

29

Je sens, soudain, un effrayant nuage passer sur la page. L'ombre de Flaubert, ni plus ni moins. C'est la première fois qu'un tel phénomène atmosphérique se produit ici-là. L'encrier en forme de crapaud, la plume d'oie, tous les plaisants détails de son intérieur qu'on peut visiter si le cœur, enfin bref, on connaît tout ça, la scène du gueuloir, les cris, les exclamations, contrefaites ou arrachées, la chaise bousculée, moi ça me laisse de marbre. Mais cette ombre qui s'avance comme une foule, comme un souvenir d'équarrissage, voilà qui me cloue. Me voit-il ? Que voit-il ? Il n'est ni dieu ni bourreau. Un fils de chirurgien mordu par les lettres, ayant baisé un jour Eulalie Foucaud de Langlade, fréquenté la faculté de droit de Paris, qui s'est fait exempter. Frappé d'apoplexie, dit-on, dans le cabriolet qu'il conduisait. Ce qui ne l'a pas empêché six ans plus tard d'aller rendre visite à la courtisane Kuchuk-Hanem. En 1870 les Prussiens sont à Croisset. Louise meurt. Fracture du péroné. Décès. Et qu'on n'en parle plus.

L'ombre de F., elle, secoue. Encore et encore.

30

Alors, oui, à tout prendre, Emma.

31

Mais jamais il ne put la voir en sa pensée, différemment qu'il ne l'avait vue la première fois, ou telle qu'il venait de la quitter tout à l'heure, jamais je ne pourrai écarteler sa silhouette sur le drap à jamais froissé du lit demeuré en dehors de ces lieux, en d'autres lieux, et sans doute en d'autres temps, le temps de me retourner elle a disparu et, en cruelle pénitence de ma lâche, de ma gauche, de mon insuffisante présence à elle, le – le – le Proviseur entra, suivi d'un *nouveau* habillé en bourgeois et d'un garçon de classe qui portait une lame déjà rougie que tous les élèves plantèrent dans mon cœur en criant : *Madman Bovary ! Madman Bovary !*

32

Tout prendre d'Emma, donc, lui faire payer Estée, l'étriller, la plier, l'engueuler, l'aider à ravaler jusqu'à mon nom. La sommer. Pardon, Emma, mais c'est comme ça, ici-là, que ça se passe, que ça va désormais se passer. Le choix, je ne l'ai pas.

33

Elle se plaignait d'éprouver, depuis le commencement de la saison, des étourdissements, c'est peu de le dire, ses cheveux poussent à l'envers, par deux fois ses ongles rentrent en elle et n'en ressortent pas, elle se fabrique des cauchemars peuplés d'avions, de raids, de téléphones sur écoute, de disques durs cramés, auxquels personne n'entend rien, et surtout pas moi, le soir elle réclame le matin et le matin elle bénit la nuit. Je n'ai rien à lui envier. Et Emma cherchait à savoir ce que l'on entendait au juste dans la vie par les mots de *félicité*, de *passion* et d'*ivresse*, qui lui avaient paru si beaux dans les livres. Non, rien à lui envier.

34

Hein ? Quoi ? Qu'ai-je lu ? La courtisane Kuchuk-Hanem ?

35

Kuchuk kuchuk kou-kou-kouchouk ! Je pousse mon cri de guerre, le cri de non-ralliement de MADMAN BOVARY, ce pauvre fou à qui l'on refuse ici-là jusqu'au talon de Lady Chatterley, jusqu'au con de Molly Bloom. Jusqu'au doigt d'Estée.

II

Ivresse

« Il faut que le lecteur croie à une véritable maladie et non à un phénomène d'époque, à une maladie qui touche à l'essence de l'être et à ses possibilités centrales d'expression, et qui s'applique à toute une vie. »

Lettre d'Antonin Artaud à Jacques Rivière
(25 mai 1924)

1

« Allons, baisez maîtresse, vous qui n'avez pas de chagrins », entonne, doucereuse, Emma à l'intention de sa chienne Djali. Yo ! Profitant d'une caresse accordée à l'animal, je, puce, m'installe en Emma. S'agit-il – ha-hum – d'un sésame ? Le fait est que depuis quelques pages – faute de m'échapper enfin de ces flammes bovaryennes qui peinent à me réchauffer – je me découvre un talent nouveau, ou *ancien*, peu importe, car c'est un chouette talent : celui d'entrer dans le corps d'Emma et d'en sortir, à ma guise, afin d'y pondre des pensées que mon sperme spectral viendra féconder, ou d'y faire des vagues, en surfeur aveugle mais adroit, musclé, chic, c'est facile, le corps d'Emma n'est pas aussi étriqué qu'il y paraît, même s'il est vide et vain. Il a en outre l'avantage de ne comporter ni proviseur ni pupitre ni casquette ni *ridiculus sum.* Certes, j'y croise des vestiges de ses navrantes lectures, des crottes de Paul, des ongles de Virginie, des charbons laissées par une maisonnette en bambou, ainsi que le cri muet du nègre Domingo ou la queue pleine d'allégresse du chien Fidèle mais surtout l'amitié douce de quelque bon petit frère qui va chercher pour vous des fruits rouges dans des grands arbres plus hauts que les clochers ou qui court pieds nus sur le sable – mais ce n'est rien, vraiment, en comparaison de la bande-son qui y braille.

Oui, le corps d'Emma est une discothèque de province, c'est le Louxor, le Tremplin, le Wake Up ou le Pim's, bref, un de ces night-clubs où il fait bon s'ébattre et suer sans pour autant recommencer les guerres du Péloponnèse. Une lune d'argent pirouette au plafond et fait rissoler ses lucioles blêmes sur les peaux qui s'imbibent selon des rites savants. Un type dont les coudes prenaient racine deux secondes auparavant dans le bois du comptoir vient de reculer, comme mordu par le verre qu'il portait à ses lèvres, heurtant du coup un couple qui, n'ayant pas assez d'espace pour libérer son quota de peur, se dissout aussitôt en deux entités penaudes. Rassuré par cette scission compensatoire, l'homme retourne à sa mangeoire, les oreilles un peu moins rouges. Une giclée de musique chasse l'autre, la syncope s'aggrave dans les siphons où bouillonne l'alcool et, pendant ce temps, Emma s'invente des petits péchés, afin de rester plus longtemps sur la piste, sans se soucier d'un quinqua qui, déjà coulant aux entournures, lui suçonne alors la nuque d'une syllabe goulue : *mmmma*... Mais en Emma, comme en moi qui suis dans Emma, puce oblige, monte la violence. La Bovaryette sent l'affût, la curée, hume le chasseur et sa bouche pleine de brames de rut, elle sait qu'il veut faire d'elle une partenaire consentante, un étroit chapska ou bonnet de poil, une casquette de loutre, et que fourrer est son droit, mais comme il est passablement beurré et que les basses ont atteint une intensité sonar, il se voit contraint de capituler, un temps démolécularisé. D'entre ses dents sautent des grains, des atomes de bave qui vont finir leur course sur la joue d'Emma, laquelle, par peur de la contagion, se catapulte aux toilettes. Un haut-le-cœur l'y attend. S'enfermant dans la stalle, s'agenouillant, laissant croître l'arc de son cou sous la croix du néon, elle colle ses lèvres sur l'ovale de la cuvette et y dépose sa bile, l'immense houle de sa bile, je manque en faire partie, partir, gicler, la tête me tourne, Emma t'as trop bu, mais Emma s'en fout, et galopant jusqu'à la dernière marche du perron, elle s'arrêtait court et vidait son monde, qui sortait par tous les côtés en se frottant les genoux et en s'étirant les bras. Les dames, en bonnet, avaient des robes à la façon de la ville, des chaînes de montre en or, des pèlerines à bouts croisés dans la ceinture, des piercings à l'arcade, des mitaines cuir, des tattoos au-dessus du nombril et les yeux injectés. Les gamins, vêtus pareillement à leurs papas, semblaient incommodés par leurs habits neufs (beaucoup même étrennèrent ce jour-là la première paire de Nike de leur existence), et l'on voyait à côté d'eux, ne soufflant mot, dans la mini-skirt écrue de sa première défloration, quelque grande fillasse de quatorze ou seize ans, leur cousine ou leur sœur aînée sans doute, rougeaude, ahurie, les cheveux gras de gel mentholé, tout à la peur de salir ses idées. Moi, du fond d'Emma, je *vois* tout autre chose, j'*entends* tout autre chose, je *vis* tout autre chose. Chahutant dans son sang, des grumeaux. Courant au fond de ses corridors intestinés, des voix. Emma me fragmente et s'invente. Elle s'élance à nouveau sur la piste de danse, fait de ses bras des moulins qui déquichottent tous les prétendants. « Allons, baisez maîtresse, vous qui n'avez pas de chagrins », disent ses yeux de chienne provinciale, et les messieurs retroussaient leurs manches et s'y mettaient eux-mêmes. Suivant leur position sociale, ils avaient des habits, des redingotes, des vestes, des habits-vestes ; – de bons habits entourés de toute la considération d'une famille, et qui ne sortaient de l'armoire que pour les solennités ; redingotes à grandes basques flottant au vent, à collet cylindrique, à poches US ou Che larges comme des sacs ; vestes de gros drap, qu'accompagnait ordinairement quelque bonnet rasta ; habits-vestes très courts dont les rabats semblaient avoir été taillés par un cutter de dealer. Convoitée, matée, pré-niquée, Emma fait la volte et la garce puis se greffe au bar où le Rodolphe de service lui sert un blue lagoon qu'elle sirote en experte. Je voyage. Je suis soumis, courtois, m'en vais visiter ses pieds, m'enivre sous ses voûtes plantaires. Soudain, ex machina… Charles ! Si ! Carlito Bovarino ! Débardeur blanc phantom muscle + jeans icon unisex standard fix + sneakers Byblos + chaussettes mérinos FEP + (visible au-dessus de la ceinture croco Gianfranco) caleçon en cachemire Bompard + montre Chris 47 steel Dior + au bout de la main gauche une variété de méga-bombasse paris-hiltonisée avec option double airbag siliconée suspension Luxe Prune second skin pure soie… Autour d'eux, c'est la fiesta apocalypta ; quelques-uns même, qui s'étaient levés avant l'aube, n'ayant pas vu clair à se faire la barbe, avaient des balafres en diagonale sous le nez, ou, le long des mâchoires, des pelures d'épiderme larges comme des écus de trois francs, et qu'avait enflammées le grand air pendant la route, ce qui marbrait un peu de plaques roses toutes ces grosses faces blanches épanouies pendant que DJ Zass machine à bout d'index deux reggae en une vaste technofarce. Emma ralentit et bombe ce qui, aux yeux d'un anatomiste, passerait pour son pubis, mais qui, dans la pénombre gyrophare, semble une tête de phalène. Charles refile sa bimbo à un boyz givenchysé et va se commander un london breeze (50 ml de vodka O2 givrée, 15 ml de vin muscadet, raisins sans pépins blancs svp !), puis, un pouce pressé contre une narine, fait signe à Emma de le suivre aux toilettes, ça tombe bien, elle connaît le chemin, cinq minutes plus tard les voilà tout empoudrés du cervelet, leurs cell-phones Vertu à boîtier platine sertis d'armoiries en rubis (dont la composition en céramique est similaire à celle des navettes spatiales) se sont allégrement bloothoothé la fente APN, il lui plaît, elle lui plaît, ils retournent au bar, exigent en reniflant deux quarter deck (2 cl de crème de cerise, 1 cl de cointreau, 2 cl de rhum, 10 cl de jus d'orange + 3 traits de citron vert, frappez le tout svp !) et s'entre-tâtent. Autour d'eux on cause affaires, on se fait des niches dans le dos, on s'excite d'avance à la gaieté, on rit sur Nirvana. T'as pas faim ? Si. J'connais un restau, c'est possible, t'es free ? Emma, du bout des lèvres, opine. La visa Infinite de Charles fend la cash-slit après tapotage du code four-digit, zoum ! vestiaire, pourboire/dollars, ils sortent, l'air est frais, hop, taxi, dix minutes de carriole au son d'autoradio Bamako, à fond dans la voie bus, puis la voie voiture, encore voie bus, on approche, coup de frein, les plaquettes pleurent, ils paient et descendent dans le même mouvement.

Aussitôt un portier s'incline, tel un pestiféré devant l'Heston de *Ben-Hur*, une porte-tambour les distribue dans la salle où un crypto-laquais les oriente moyennant bifton vers la table VIP. Surprise ! des collègues à Charles sont déjà là, explosion de joie, canulars et champagne, bourrades baguées…

Il y avait sur la table quatre aloyaux, six fricassées de poulets, du veau à la casserole, trois gigots et, au milieu, un joli cochon de lait rôti, flanqué de quatre andouilles à l'oseille, sans oublier la moutarde. Aux angles, se dressait l'eau-de-vie, dans des carafes (la classe, glousse Emma). Le cidre doux en bouteilles poussait sa mousse épaisse autour des bouchons et tous les verres, d'avance, avaient été remplis de vin jusqu'au bord. De grands plats de crème jaune (évite ! siffle Charles), qui flottaient d'eux-mêmes au moindre choc de la table, présentaient, dessinés sur leur surface unie, les chiffres des nouveaux riches en arabesques de nonpareille. On a été chercher un pâtissier de chez Pierre Hermé pour se taper les tourtes et les nougats. Emma & Charles Ltd se contentent de siffler deux ou trois mouton-rothschild 90 (uniquement parce que l'étiquette a été dessinée par

Francis Bacon : respect !), ils sont deux caprices épris d'eux-mêmes.

Charles exige du pain, Emma veut du caviar, Charles rit, c'est pour les riches, laisse les œufs et prends du pain, le pain ça ne vaut rien mais ça restaure les reins, crois-moi, je suis chirurgien, hein ? quoi ? non, rien. *Je réapparais.* Je délaisse l'anse aiguë de la hanche gauche d'Emma, escalade l'échelle de ses côtes, fourrage sous son aisselle, puis à force de convictions et de contorsions me faufile dans son canal digestif où choient, la vache, tant de choses, je bifurque, franchis le poumon poreux – son souffle est noir, goudron, émotion – puis me laisse capillariser et, moyennant quelques ventriculations supplémentaires, parviens jusqu'au canal auditif où glousse encore l'écho : *suischirgurgienheinkoinon-rien...*

Je sens les maxillaires d'Emma crisser, elle va rire. Allons, c'est bon. Je connais son rire. Tôle ondulée qu'un coup de vent arrache puis plus rien, le reste se passe dans l'œil, ou s'en passe, c'est selon, et Emma est tellement *selon.* Mais virgule au café virgule tous se ranima point virgule alors on entonna des chansons –

Souvent la chaleur d'un beau jour
With your feet and your head on the ground
Fait rêver fillette à l'amour
Try this trick and spin it, yeah,
Pour amasser diligemment
Your head will collapse
Les épis que la faux moissonne,

But there's nothing in it
Ma Nanette va s'inclinant
And you'll ask yourself
Vers le sillon qui nous les donne.
Way out in the water
Il souffla bien fort ce jour-là,
See it swimmin'
Et le jupon court s'envola !

virgule tout se ranima point-virgule alors on entonna des chansons, on fit des tours de force,

Estée !

on portait des poids

Non !

on passait sous son pouce, on essayait à soulever les charrettes sur ses épaules, on disait des gaudrioles, on embrassait les dames, on fait claquer les Zippos. J'en profite, bien sûr. Las d'Emma, j'ai pris la tangente, débarqué par sa salive sur le bord d'un verre je me laisse glisser jusqu'au pied rond et transparent puis rampe protozoairement sur la nappe en quête d'une mort plus douce. En vain. Autour de moi les chevaux gorgés d'avoine jusqu'aux naseaux avaient du mal à entrer dans les brancards ; ils ruaient, se cabraient, les harnais se cassaient, leurs maîtres juraient ou riaient... et toute la nuit toute la nuit toute la nuit toute la nuit toute la nuit toute la nuit toute la nuit
toute la nuit,
au clair de lune
par les routes du pays,

il y eut des carrioles emportées qui couraient au grand galop, bondissant dans les saignées, sautant par-dessus les mètres de cailloux, s'accrochant aux talus, des lamborghini gallardo rongeant le trottoir, avec des femmes qui se penchaient en dehors de la portière pour saisir – contraint et forcé je reviens m'allonger dans les yeux d'Emma. Du temps a passé. Ce que je vois à présent, c'est un plafond qui pivote ; tout autour de nous une mer de soie, des chiffonnades de draps, la lumière est si… tamisée que le mot *tamisé* tourne en boucle dans la tête retournée d'Emma qui entend la pisse de Charles cascader sur la porcelaine des chiottes.

Emma laisse ses paupières descendre vers ses joues qu'un sourire figé a tendues dans la relative direction du menton où goutte une perle de salive qui, étant donné sa position pour le moins pentue, s'en va rissoler entre ses seins. Le diadème de la cuvette claque, des pas chlopent sur la moquette, le monstre Charles revient, prêt à la baiser !

La porte du mini-bar s'ouvre – jus de fruit coca cola schweppes perrier heineken porto pineau gin vodka jet pastis whiskey champagne vin eau bénite sang sang sang… Sans réfléchir elle croise les jambes, Charles titube jusqu'à ses mollets qu'il commence à caresser puis à remuer comme des chenets. Le feu ne va pas prendre, je répète entre les lignes (la mariée avait supplié qu'on lui épargnât les plaisanteries d'usage). Soudain j'ai peur. Ce n'est pas un jeu. Je suis comme Bovary mère qui n'a pas desserré les dents de la journée : pas consulté ni sur la toilette de la bru, ni sur l'ordonnance du festin, retiré de bonne heure. Je ne veux pas assister à cette scène. Je ne veux pas la décrire. Elle va quand même avoir lieu, je le sais, la redoute. Je ne peux même pas envoyer chercher des cigares à Saint-Victor et fumer jusqu'au jour, tout en buvant des grogs au kirsch. Ça serait trop beau.

Charles, de complexion ignée, s'énerve. Emma refoule des larmes qu'elle aimerait polir, dans lesquelles elle rêverait que se mirent ses yeux et d'autres larmes, encore plus pures. Il se débraguette, la bouscule, lui dit qu'elle ne perd rien pour attendre, ce qui est la vérité vraie. Emma le repousse, il s'impose. Elle l'écarte, il la menace, lui serre les poignets. Que faire ? Déjà je regrette le Proviseur et son entrée bien intentionnée et soigneusement réglée dans la salle de classe. Je déplore la casquette-monde et la fracture du père Rouault. Dieu qu'il est raide ! On dirait mon père, c'est un cauchemar. Fuis, Emma ! Charles, je te donne Estée et tout ce que j'ai été. Tu veux mon enfance ? Prends-la. Prends mon crâne nu, mes bras las, ma lippe méprisante. Combien te faut-il ? Tu ne vois pas qu'elle ne veut pas ? Qu'elle ne veut pas d'enfant ?

Il est sur elle, sa main gauche refermée autour de… Elle a penché la tête en arrière, les lèvres retroussées sur un cri qui ne décolle pas. J'abdique. J'ai abusé de ma marge de manœuvre, en foireux caporal trahi par ses grognards.

Ceux qui restèrent aux Bertaux passèrent la nuit à boire dans la cuisine.

OK.

Les enfants s'étaient endormis sous les bancs.

Je veux bien.

La mariée avait supplié son père qu'on lui épargnât les plaisanteries d'usage.

Je dis oui.

Cependant, un mareyeur de leurs cousins (qui même avait apporté, comme présent de noces, une paire de soles) commençait à souffler de l'eau avec sa bouche par le trou de la serrure, c'est cela, ce que je vois ce n'est que cela, ce jet crétin comme fusant de l'évent d'une baleine, c'est de l'eau, et ce trou n'est qu'une serrure, comme c'est drôle, je ris, je me tords, je me fends, les plaisanteries d'usage, allez, ne m'en épargnez aucune, jusqu'à la plus cruelle, et vous, père Rouault, ne prenez pas la peine ni le temps d'expliquer que la position grave de votre gendre ne permet pas de telles inconvenances, au contraire, qu'il souffle, que sa bouche collée à la serrure recrache toute l'eau que sinon personne n'aurait bue, moi aussi je m'agenouille, je pose mes deux mains contre le panneau de la porte, dos tourné à Charles, dos fermé à Emma, et j'avale, j'avale l'eau et tout ce qu'elle peut noyer, c'est un jeu à deux, entre le mareyeur de leurs cousins et ma pauvre pomme, plus il crache plus j'avale, la serrure est une vanne, derrière moi ça s'énerve, se déhanche, tant pis, je continue. Souffle, mareyeur, que c'est drôle, toute cette eau. Je la bois, m'y noie. Je n'ai jamais embrassé de serrure aussi douce, aux fins bords cuivrés, presque soyeux, je n'ai jamais rien bu d'aussi bon, ce ne sont pas des cris qui poussent dans mon dos, c'est autre chose, des pages, des liasses, des – sale pute va je jouis jouis ah, dit l'ancien nouveau à casquette.

(!!!!!!!!!!!! NON !!!!!!!!!!!!)

Lelendemain,enrevanche,ilsemblaitunautrehomme. C'étaitluiplutôtquel'oneûtprispourlaviergedelaveille,tandis quelamariéenelaissaitriendécouvriroùl'onpûtdevinerquel quechose.

III

Passion, Ivresse

« Ne finis point trop après coup, ainsi d'un sang bouillonnant tu en refroidis la lave, et tu en fais une pierre. Fait-elle un rubis, rejette-la loin de toi. »

Lettre de Paul Gauguin à une inconnue
(février 1899)

36

La façade de briques était juste à l'alignement de la rue, ou de la route plutôt. Derrière la porte se trouvaient accrochés un manteau à petit collet, une bride, une casquette de cuir noir, et, dans un coin, à terre, une paire de houseaux encore couverts de boue sèche, mais je ne suis pas dupe. Certes, j'ai appris à mes dépens quelle marge de *manœuvre* (pas de liberté, ici-là) m'était comptée, et j'ai vu de mes yeux vu quelles inepties cela provoquait. Donc, prudence. À droite était la salle, c'est-à-dire l'appartement où l'on mangeait et où l'on se tenait. Tel un rat, je m'avance, dans mes pupilles tout s'inverse et s'étrécit, comme autrefois Estée. Un papier jaune serin, relevé dans le haut par une guirlande de fleurs pâles, tremblait tout entier sur sa toile mal tendue. Et si je méditais à mon tour des changements dans la maison ? Pourquoi pas ? Retirons les globes des flambeaux, faisons coller des papiers neufs, repeindre l'escalier et installer des bancs dans le jardin, tout autour du cadran solaire, une station par heure, afin que les pleurs, à chaque heure du jour, s'épanchent sous la pierre, dans l'herbe rare qu'entretient l'ombre, quelle bonne idée ; et demandons même comment nous y prendre pour avoir un bassin à jet d'eau avec des poissons. Ah ! des poissons ! Quelle ivresse.

37

Je vis dans un état second, tel un escalier qui ne fait que descendre, hanté par l'easy listening des contes de bonnes femmes, la peau ramollie en linge que rien n'essore, c'est facile, ça peut durer. Je mange de tout : amours, amants, amantes, dames persécutées s'évanouissant dans des pavillons solitaires, postillons qu'on tue à tous les relais – rat-tat-tat ! fredonne la mitraillette du songe –, chevaux qu'on crève à toutes les pages, forêts sombres, troubles du cœur, serments, sanglots, j'en redemande, je suis goulu, fiévreux, du miel coule dans mes veines, je vois des nacelles au clair de lune, j'entends des rossignols dans les bosquets, croise des *messieurs* braves comme des lions, doux comme des agneaux, vertueux comme on ne l'est pas, toujours bien mis, et qui pleurent comme des urnes. Je suis une urne. L'ombre d'Emma, sur le mur froid, coule en moi et fait flaque là où je veille à ne pas trop croupir. La stéréo du néant à volume 24, je fais le plein de petits anges aux ailes d'or, gobe des madones, franchit des lagunes, taquine les gondoliers, c'est si bon, je sais qu'ainsi je tiendrai bon. La mère d'Emma meurt, avec elle je pleure. Je sais pourtant que tout ça, c'est avant Charles, avant son cierge brûlant et dégoulinant. On ne me laissera pas au couvent des pacifiques compromissions qui laissent entrevoir, à travers la niaiserie du style et les imprudences de la note, l'attirante fantasmagorie des réalités sentimentales. Ô, sultans à longues pipes, pâmés sous des tonnelles aux bras des bayadères, djiaours, sabres turcs, ô bonnets grecs, et vous surtout, paysages blafards des contrées dithyrambiques, qui souvent nous montrez à la fois des palmiers, des sapins, des tigres à droite, un lion à gauche, des minarets tartares à l'horizon, au premier plan des ruines romaines, puis des chameaux accroupis – oui ô vous espèces sonnantes et trébuchantes d'un livre qu'on m'interdit d'écrire afin d'y mieux périr, gardez l'empreinte de ma voix, et avec elle un peu de la chair qu'a écorchée son passage dans ma gorge. Lions, tigres, chameaux, piétinez mes doigts qui plus jamais ne joueront sur le territoire Estée. Tombez, minarets, que vos ruines étouffent le peu de feu qui m'eût affolé, qui m'affolait quand, tenant Estée à bout de reins je voyais ses lèvres s'ouvrir sans rien happer, ses yeux attrapaient trop de lumière, elle disait « soif ! », « soif ! », et j'allais lui chercher, dans ma bouche, un peu d'eau fraîche qu'à rebours de ma soif je laissais s'écouler entre ses dents, parfois sur son menton, aussitôt léchée, bue, l'eau nous ranimait et tout recommençait, enroulement des jambes, coques des mains, sillons des doigts, à quoi bon nier puisque c'était si bon, si juste et si nécessaire, jusqu'au jour où –

Elle s'arrêta court et le mors lui sortit des dents.

38

Elle se demandait s'il n'y aurait pas eu moyen, par d'autres combinaisons du hasard, de –

Non.

39

Comme c'était loin, tout cela ! comme c'était loin !

40

Je souscris à cent pour cent à l'emprunt Emma.

41

Je deviens fou, un peu, beaucoup, passionnément, à la folie. Et voilà que, vers la fin de septembre, on me fourre à l'arrière du boc de Charles et que, fouette cocher !, nous voilà tous partis à la Vaubyessard, invités par le marquis d'Andervilliers. Je vais, je le sens, faire un carnage. C'est que j'y connais en nouba maintenant. Ils arrivèrent à la nuit tombante, comme on commençait à allumer les lampions dans le parc, afin d'éclairer les voitures. Puis je m'échapperai, vif ou mort, peu importe. Peu importe à Estée.

42 à 66

Le château, de construction moderne, à l'italienne, of course et cetera ! Coup d'éclat ! et tant pis pour ses deux ailes et trois perrons, ce soir je casse la baraque. (Quand j'étais petit, l'expression « sauter les descriptions » m'insupportait déjà, me croyait-on voué à un parcours hippique, attentions aux haies, plus haut, plus haut, ici une barre, blanche et rouge comme un dégueulis dentifrice figé horizontalement à un mètre vingt du sol, allez, élan, élan, on saute ! Alors que justement les descriptions, qu'elles fussent de corridors ne menant qu'à la désorientation de soi ou d'étangs grouillant d'une faune abjecte, permettaient cette dissolution qu'interdisait la bruyante partie de flipper des dialogues. J'aimais la façon sournoise qu'avait la description de s'exfolier sur la page, cette gangrène qu'elle promenait comme si de rien n'était, comme si le corps soi-disant sain du récit pouvait se passer de digressions infectieuses. Le décor n'était pas planté comme un radis, mais pierre après pierre, et dans chaque pierre il était possible d'entendre roucouler des siècles et des siècles d'érosion, de stupeur. L'œil pouvait se perdre dans les plis d'une robe et n'en jamais resurgir ((la nuit (((souvent))) venait tout enterrer)) ; les paysages se taillaient la part du lion, et le lecteur-lion que j'étais les bouffait tranquillement, os par os, détachant les nerfs et les tendons avec la même application d'un amant dénombrant les taches de rousseur sur le dos ou les cuisses d'Estée qui ne reviendra pas, maintenant les descriptions je les fais sauter – et cetera !) Ce soir c'est la masse critique.

67

On versa du vin de Champagne à la glace. Emma frissonna de toute sa peau en sentant ce froid dans sa bouche.

68

Ce froid dans sa bouche, c'est ma chance, je laisse Charles à son pantalon qui le serre au ventre, tandis qu'Emma enfile sa robe de barège je m'arrache à la page, elle résiste, je tire, au risque de la déchirure, une partie se décolle, c'est horrible, leurs habits, mieux faits, semblaient d'un drap plus souple, et leurs cheveux, ça saigne un peu, est-ce moi ? est-ce eux ? j'ai encore les doigts pris dans les mots, ils avaient ce teint de la richesse, tant pis pour les ongles, ce teint blanc que rehausse la pâleur des porcelaines, d'un violent coup de coude j'ébranle tout, leur cou tournait à l'aise sur des cravates basses, scouinch, étranglés ; leurs favoris longs tombaient sur des cols rabattus, aïe, arrachés ; ils s'essuyaient les lèvres à des mouchoirs brodés d'un large chiffre, d'où sortait une odeur suave, puis un peu moins suave, puis plus du tout suave, mais qu'est-ce ? sous la page on distingue des veines noires, nécrosées, des champs de tumeur arrosés de brumes méphitiques, un cavalier en habit bleu se liquéfie sur les genoux d'une jeune femme pâle, Dieu que l'air du bal est lourd, un domestique, tranquillement, révolutionnairement, s'empare d'une chaise et casse deux vitres, erreur ! l'appel d'air est tel, vu la différence de pression entre le monde extérieur (usines, autoroutes, camps de manouches, carcasses de mobile-homes) et le chapitre VIII de la Première Partie que les tables sont sucées aspirées dévorées par ces deux vortex, tout y passe, les bougies des candélabres, les cristaux à facettes, les bouquets, les assiettes à large bordure, les serviettes arrangées tra la la en manière de bonnet d'évêque, les petits pains ovales dans le cul, c'est la panique. Au passage, histoire de ne pas partir le ventre vide, je saisis en plein vol les pattes rouges d'un homard, de gros fruits, des cailles, que sais-je ?

Sur le grand poêle de porcelaine à baguettes de cuivre, une statue de femme drapée jusqu'au menton regardait immobile la salle pleine de monde : elle, je n'y touche pas. On ne sait jamais. N'est-ce pas, Estée ?

Je file me réfugier aux étages inférieurs.

69

Les caves du château, chichement éclairées, forment une noire enfilade où s'emboyautent celliers adventices et chais à l'abandon. Je pousse ce que je suppose être un battant de porte, qui s'en va cogner un mur gonflé de mousse. Le bruit m'écœure, je recule. Un mouvement aussi furtif qu'une aile de pipistrelle m'accroche l'œil, je fais une dizaine de pas, les mains tendues, je ne vois pas le corps étendu, trébuche, ce n'est pas un corps, mais une litière, une sorte de couche moisie sur laquelle ont dû jouer des enfants, c'est plein de miettes, de billes de bois, je me relève. Deux heures plus tard, j'en suis encore à explorer les mêmes recoins. Il doit bien y avoir un passage dérobé, un tunnel caché par des planches et menant au-dehors, peu importe où, l'important est que je me débovaryse in extremis. J'insiste. À chaque coude je m'érafle, me cogne, mâchonne à contrecœur des résidus, des choses sèches, amères, que je recrache. Je croise ensuite des serviteurs qui me saluent en ricanant, une bouteille à la main, leurs chausses renflées. De temps à autre, je passe devant un rideau frissonnant ou un panneau branlant que j'écarte, pousse, soulève. Des tableaux vivants m'offrent leur magie malsaine, que je reste à contempler un temps indéfini. Ici, dans un fouillis de syllabes celtiques et bruissantes comme des chars de bataille, j'entrevois des Libyens portant des robes de femmes qui dînent en pantoufles, avec des boucles d'oreilles. Là, au bout d'une salle à manger peinte d'une couleur vert d'eau, une nymphe trempe son orteil dans un bassin en forme de coquille. Ce sont, tantôt, des essaims de mouches qui bourdonnent dans les rayons d'un soleil inconvenant, en tournoyant comme une grande roue d'or, tantôt un abîme que chacun a dans le cœur, abîme incommensurable, abîme sans fond point d'exclamation.

Au bout d'un couloir si bas qu'il me faut baisser la tête et si étroit que je dois serrer les coudes, j'entrevois une porte dont le bois pourri semble aspergé d'or. Derrière, des ahanements.

Je pousse la porte-galaxie.

70

L'homme est de dos, manches retroussées, vaguement accroupi. Il cogne sur un billot avec sa main droite, paume bien à plat, en haletant. Je passe le seuil, toussote. Il redresse la tête, hume l'air. Recommence à taper, taper, selon un rythme qui, sans être musical, semble obéir à une exigence têtue. Ni joie ni conviction – l'économie du labeur ? Je viens me placer sur sa gauche, de façon à distinguer son profil, tout écumant de cheveux gris. Il se détourne très légèrement vers la droite, m'empêchant d'apercevoir ne serait-ce que l'arrondi de ses joues ou le renflé de sa narine, encore moins l'avancée de ses lèvres. Je poursuis mon arc de cercle autour de sa personne et il tourne en fonction du nombre de degrés que j'effectue dans le cercle imaginaire au centre duquel il s'époumone, son billot toujours à l'aplomb de sa paume furieuse. Je ne vais pas contrarier un insensé, pas ce soir. Je vais aller m'asseoir dans un coin de la pièce, sur un cageot retourné. Ne brusquons rien.

71

Les sous-pieds vont me gêner pour danser, vais-je déclarer.

S'il me répond : « Danser ? », je dirai : « Oui ! » et s'il ajoute : « Mais tu as perdu la tête ! on se moquerait de toi, reste à ta place. D'ailleurs, c'est plus convenable pour un médecin », eh bien, j'en serai pour mes frais. Si cet homme connaît la chanson, il saura peut-être m'indiquer la plus proche EXIT

72

Les sous-pieds vont me gêner pour danser, dis-je.

73

Un soupir, peut-être agacé, mais plus probablement saupoudré d'hilarité. Tant pis. Il ne s'en sortira pas si facilement. Et moi non plus, apparemment.

74

Les sous-pieds vont me gêner pour –

Ça va, ça va, j'ai compris, je ne suis pas sourd. Pour danser, bien sûr, pour quoi voulez-vous qu'ils vous gênent sinon pour danser ? Pour vous faire la malle ? Pas possible. Ici-là, pas possible. Ce n'est pas comme dans les rêves ou les conseils d'administration, vous n'êtes pas une fuite de gaz dans la soute ou une gazelle dans la savane, vous le sauriez, non ? Et puis soyez franc, ce ne sont pas ces sous-pieds qui vous gênent, vous ne savez même pas ce que c'est que des sous-pieds, vous auriez dit soupières avec le même aplomb de perroquet, je le sais, et vous le savez, nous le savons tous les deux, pas la peine de jouer au malin, pas ici-là en tout cas. C'est cette phrase qui vous empêche de danser. C'est *les sous-pieds vont me gêner pour danser* qui vous empêche de danser. Impossible de danser avec *les sous-pieds vont me gêner pour danser*. Essayez, vous verrez. C'est un coup à y rester, et je sais de quoi je parle, maintenant laissez-moi travailler, j'ai de la voix sous pression, l'aiguille dans le rouge, s'agit pas de traîner, adios !

Il me cherche, c'est évident. Il me teste.

75

Je contre-attaque, je tends au maximum les guillemets, et cette fois je dis : « Les sous-pieds vont me gêner pour *parler.* »

76

« Parler ? Mais tu as perdu la tête ! on se moqu– » Furieux, il envoie valdinguer le billot à l'autre bout de la pièce, d'un coup de pied ou par quelque subterfuge, je ne sais trop, mais le fait est que le billot éclate contre la pierre et retombe en sciure, comme au ralenti.

Je n'en mène pas large.

Il se dirige vers moi du pas stupide et haché d'un engin agricole, avec des bras-fléaux qui semblent faucher toutes les particules de poussière suspendues, ça fait un effet du diable, je serre les genoux, rentre le cou, ça va barder.

77

Écoute, petit, des comme toi j'en vois filer, défiler, vous n'avez que la bave aux lèvres comme excuse, un jour toujours, c'est plus qu'agaçant à la fin. Tu t'es aventuré jusqu'ici, persuadé qu'en bas c'est mieux qu'en haut, la crotte au cul et l'espoir où je pense, mais voilà, tu n'as pas vu les trappes, oui, les trappes, là, par terre, sur les murs, au plafond, allez, ouvres-en une, pour voir, pour entendre.

Je décale mes fesses, regarde là où j'étais, vois le carré de métal, la petite poignée de bois allongée dans le bois creusé, en fossette.

Vas-y, dit-il en souriant.

Je referme mes doigts autour de la tige lisse et tire, ça se décolle avec un bruit plaisant de succion. Aussitôt, détonation des guillemets ouvrants : « LE MARQUIS OUVRIT LA PORTE DU SALON ; UNE DES DAMES SE LEVA (LA MARQUISE ELLE-MÊME)

VINT À LA RENCONTRE D'EMMA ET LA FIT ASSEOIR – » J'ai laissé la trappe se refermer, à moitié assourdi.

Essaie celle-là. Il me montre, au-dessus de ma tête, une autre trappe, d'un métal étincelant. J'obéis. « IL ÉTAIT PAVÉ DE DALLES EN MARBRE VIRGULE TRÈS HAUT VIRGULE ET LE BRUIT DES PAS AVEC CELUI DES VOIX Y RETENTISSAIT COMME DANS UNE ÉGLISE POINT – » Je manque y laisser trois doigts tant les guillemets sont affûtés.

Essaie cette autre, ou plutôt, non, ouvre celle qui est là-bas, à droite de la chandelle. Non ? La quatrième à gauche en partant du mur du fond ? Bon, tu as compris ? Oh, je vois cette étincelle dans ton regard. Tu te dis : putain, c'est Flaubert, c'est lui, c'est le Maître de Croisset, je suis aux machines, dans la soute, là où ça trime ! L'antre des antres ! C'est le fameux gueuloir, qu'on voit sur des photos dans des catalogues qu'on achète au musée puis on rentre chez soi et en famille on montre le cliché aux amis en disant, c'est là, c'est là qu'il martelait le Verbe ! Tu rêves. Ici-là, mon gars, on n'est pas orfèvre pour un rouble, crois-moi. Ici-là, on casse, on aplatit, on lamine. Parce que derrière tout ce brouhaha que t'entends quand t'ouvres ces trappes, il y a ce que t'entends pas, tout ce silence musclé qui voudrait se pavaner mais qu'on laisse pas, non, on lui fait bouffer de la craie, on le masse à la chaux, c'est pas du gâteau, tout ce qu'il faut faire taire, t'as pas idée, j'suis pas celui que tu crois. Maintenant laisse-moi bosser.

Il est devenu tout maigrichon, d'une taille nettement moins imposante, avec des boucles brunes en place de la filasse grise qui lui tapisse les tempes. L'inactivité, visiblement, l'amenuise. Il se fait falot et se remet à fesser l'aplat brun du billot.

Je vais m'asseoir à quelques mètres de lui, près d'une bouteille débouchée. Sans lever la tête, il me désigne du doigt un gobelet posé derrière moi, sur un tas de briques. Bois, rouspète-t-il en haletant comme un titan. La bouteille est sans fond, le temps à proportion, l'espace incompressible. Je suis vite soûl.

Et Estée ? demandai-je.

Quand tu es comme ça, je ne te vois pas, éructe-t-il.

Il est très, très énervé. Et j'en sais assez.

Je m'en retourne d'où je venais.

78 à 83

Ils commencèrent lentement, puis allèrent plus vite. *Ad libitum.*

84

Ils tournaient : tout tournait autour d'eux, les lampes, les meubles, les lambris, et le parquet, pareil à un disque sur un pivot, un quarante-cinq tours de l'avenir, comme mon cœur sur Estée, c'est horrible, délicieux, c'est le vertige remis à sa place et nous au centre. En passant auprès des portes, la robe d'Emma, par le bas, s'ériflait, au pantalon ; leurs jambes entraient l'une dans l'autre, oui, c'est ce qui est écrit, l'une dans l'autre, ça se passait ainsi autrefois, je crois, mais cela se passe ainsi, aujourd'hui, non ?, il baissait ses regards vers elle, elle levait les siens vers lui, c'est le mouvement du manège, quand votre cheval descend et qu'ensuite il remonte, différent, d'une autre race, à une autre vitesse, avec en fond un autre décor ; une torpeur la prenait, elle s'arrêta, c'est magnifique, l'imparfait la fait chavirer et le passé simple la fige, un vertige vous secoue, ça peut durer, ça pourrait durer, ça ne dure pas, le clou l'emporte sur le bois, la pointe sur la fibre. Ils repartirent ; et ce point-virgule est un coup de faux dans le fil du temps ; et, non mais admirez un peu la souplesse de la virgule, d'un mouvement plus rapide, re-virgule, le vicomte, tiens, prends cette virgule et enivre-toi avec, l'entraînant, encore une virgule pour retarder la jouissance on ne sait jamais, disparut avec elle jusqu'au bout de la galerie, la virgule alors comme un doigt sur l'ombre du clitoris, où, si ce n'est un cri qu'est-ce, haletante, encore un peu juste un peu, elle faillit tomber, virgule-hameçon où la bouche extasiée se laisse accrocher et suspendre, et, tout ne tient plus qu'à un fil, un instant, vaste comme un lit, s'appuya la tête sur sa poitrine et là j'aide tout ce beau monde à mettre un point qui ne saurait être final, parce que la jouissance, même reconduite à son huis lointain, derrière les yeux, sous la peau, ne pense plus qu'à ça, n'a plus qu'un seul impératif en tête et au con, et c'est, comme disait Estée : le refaire.

Et puis, tournant toujours, en bougre de soleil d'artifice à foutre qu'il était, mais plus doucement – forcément : les couilles pleines –, il la reconduisit à sa place, ça lui apprendra ; elle se renversa contre la muraille et là mit la main devant ses yeux.

Je l'imite – et tout s'éteint.

85

; quelques détails s'en allèrent, mais le regret lui resta.

86

Couchée, Estée ressemblait elle aussi, parfois, à un point-virgule. Je la rejoignais, après avoir fumé une cigarette, et contre elle devenais parenthèse. Un point d'exclamation poussait entre nous. Et j'aurai beau jouer avec la ponctuation comme un écolier, un simple d'esprit, un pitre, je ne parviendrai plus jamais à épeler quoi que soit susceptible de ranimer l'ardoise que sont devenus nos draps.

Il est temps de rentrer dans le rang (ici-là le sang ne caille pas, ou alors sans qu'on le voie). L'éternel Proviseur de la désillusion entre, suivi d'un vieux habillé en bourreau et d'un monstre de foire qui porte une femme déjà morte que tous les lecteurs acclament par ces mots : *madmanbovary ! madmanbovary !*

Bien fait pour moi.

IV

Félicité

« Je gémis depuis quinze mois dans la plus affreuse prison de Paris, tandis que, d'après la loi, on ne peut retenir plus de dix jours un prévenu sans le juger. Je demande à l'être. Je suis l'auteur ou non du livre qu'on m'impute. Si l'on peut me convaincre, je veux subir mon jugement ; dans le cas contraire, je veux être libre. »

Lettre de Sade au ministre de la Justice
(30 Floréal, an X)

87

Comme en toutes choses, il doit bien y avoir des failles, des interstices laissés à dessein par le maître d'œuvre, causés soit par l'ébranlement intempestif de la structure soit par la lassitude des parties. La substance peut pérorer, les attributs jouer les petits coqs, on peut supposer des accidents, accrochés aux événements comme des rubans piégés. Certes, le tout est fini, ses prémisses ont fusionné avec son dénouement au prix d'une torsion insensée de toutes les molécules naguère éparses, volages, dont il a fallu mater les caprices au coup par coup.

(Le 8 mai, Flaubert est terrassé par une hémorragie cérébrale et meurt en quelques heures. Le 12 décembre, il naît à Rouen. La roue tourne, le paon pâlit.)

Mais aussi soudées que soient les jointures grâce auxquelles s'agitent, joyeux, les membres ; aussi cadenassé soit le coffre qui ne s'ouvre qu'à intervalles réguliers, tel un clapet servant dans le duodénum à réguler les gaz, et aussi bien disposés que soient, sur l'étal du joaillier, ces rivières de diamants aux reflets de tripes, il y a toujours, au moment où la famille se met à table pour la énième fois, ce léger tremblement de la vitrine à bibelots, ce frisson qui fait courir le verre de cristal sur sa tablette de marbre – ainsi s'annonce le séisme, en parole déplacée, puis : un silence, une bulle de sang dans l'air qu'on n'ose inhaler, puis : le fracas de tant d'évidences, une pulvérisation d'horreurs, du hachis bavard.

(Le 6 mars, visite à la courtisane Kuchuk-Hanem.)

Comme en toutes choses, il doit bien y avoir un moment qui n'en peut plus, n'en veut plus, ne sait plus lire la partition. Ce qu'Estée appelait l'heure de trop, quand, après avoir testé la résistance du temps supposé aussi élastique que l'intestin grêle dont la longueur peut aller jusqu'à sept mètres, sachant que la partie proximale qui en constitue les deux cinquièmes s'appelle le jéjunum et que ce mot lentement dérivé du latin signifie vide, d'où sa puissance d'allongement accompagné d'une sensation de bien-être illusoire, il est vrai, mais ô combien agréable jusqu'à ce qu'on sente quelque chose craquer, jusqu'à ce que, après avoir testé la résilience de la dernière seconde de possible bonheur, Estée annonce que non, l'heure entamée ne serait pas comptée.

(Il voit souvent Léonie Brainne, jeune veuve dont il est très épris.)

Il existerait, selon les anciens, deux façons de se faufiler dans la fêlure. L'une consiste à faire le lézard sur la pierre, en attendant que le motif par soi incarné infuse le grain sourd, l'invitant à quelque fatal mimétisme.

(En juin 61, il fait le serment de ne plus quitter Croisset avant d'avoir achevé son roman.)

L'autre consiste à courir comme un fou, en hurlant son nom, en bousculant, en principe ça marche, mais pas toujours.

Partez ! dit Emma. C'est se moquer, je vous chasse.

88

Je regarde donc s'éloigner entre les pages la servante Nastasie qui avait, autrefois, tenu société à Charles pendant bien des soirs, dans les désœuvrements de son veuvage (c'était sa première pratique, sa plus ancienne connaissance du pays, putain ! elle est raide folle, Emma !) et dans le même temps (?) vois se détacher, de la mosaïque des mots qu'irriguent les blancs ruisselets de leurs espacements, une jeune fille de quatorze ans, orpheline et de physionomie douce, immense apaisement, je ferme les yeux, la laisse monter et lisser l'eau, en surface tout s'efface, seul son nom laisse sur ma peau un léger goût salé : Félicité.

89

Comme en toutes choses, la faille.

Félicité.

(90)

(À Paris il achève *Saint Julien* et commence *Un cœur simple.*)

91

Félicité !

92

Elle avait une dent creuse dont les parois intérieures, quand je m'y fus glissé, parurent à ma conscience aussi vastes et crayeuses que des banquises dressées dans la nuit. Grattant tout doucement le calcaire avec mes ongles, je dégageai l'extrémité fourchue du nerf, que je mordis alors à pleines dents. La Félicité d'Emma se retourna comme une carpe dans son sommeil et redevint l'autre, la Félicité de Mme Aubain, dont le cœur simple savait tout de ma peine. Et pendant près d'un demi-siècle, les bourgeoises de Pont-l'Évêque envièrent à Mme Aubain sa servante Félicité.

93

Pour cent francs par an, elle faisait la cuisine et le ménage, cousait, lavait, repassait, savait brider un cheval, engraisser les volailles, battre le beurre et m'empêcher de devenir fou. Certes, *Un cœur simple* est moins spacieux que *Madame Bovary*, les pâmoisons moins frénétiques, les silhouettes plus discrètes, mais l'air de la Normandie me fait du bien et, une fois Théodore blotti dans le lit d'une vieille femme très riche, je peux jouir à ma guise du récit de sa vie obscure, protégé des exaltations et condamné à la dévotion de tout ce qui peuplait l'air, la terre et les eaux.

Je m'éprends calmement de tous les animaux, des oiseaux que Paul attrape, des lapins que nourrit Virginie, et même du taureau au souffle sonore, aux horribles beuglements que des mottes de gazon enfin aveuglent, enfin... Je deviens un aloyau, des tripes, du boudin, une fricassée de poulet, du cidre mousseux qui n'en finit plus d'écumer comme cette bave bovine qui toujours vous rejaillit à la figure, toujours... Je cherche Dieu dans une porcherie tandis que des gamins jettent des cailloux sur mon grabat, je suis secoué par un catarrhe, j'ai des cheveux très longs, les paupières enflammées et, au bras, une tumeur plus grosse que la tête. Je suis cette tumeur, son rougeoiement de cathédrale qu'animent les derniers sacrements. La tumeur me mange, je mange la tumeur, peu importe, je guéris, meurs, enjambe les tentations comme des crottins, des taupinières, à grands pas je traverse le Paradis où rien ne luit, me laisse porter par le déluge, escalade sans y penser la tour de Babel, je vois des villes tout en flammes qu'une seule de mes larmes suffit à éteindre, des peuples meurent, je les exhorte à ressusciter, des idoles sont renversées, je les relève, je garde de ces éblouissements aussi fragiles que des vitraux un respect d'Ici-Là qui m'aide à mourir sans y toucher, comme un écho que se renvoient, au-delà de l'insupportable campagne, les cloches harmonieuses. Adoration.

94

Le perroquet Loulou me prend illico en grippe.

95

Son corps est vert, le bout de ses ailes rose, son front bleu, et sa gorge dorée.

96

Il me harcèle. (Il est, apparemment, le seul ici-là à me voir.) J'ai beau me faire plus petit qu'un remords, il me sent, me hume, mord son bâton, s'arrache les plumes, éparpille ses ordures, répand l'eau de sa baignoire. Il me voit, son bec se recule, s'avance, il tord le cou, gratte l'espace qui nous sépare. On se moque de lui, on le compare à une dinde, à une bûche, comme si c'était le plus trivial perroquet de toute la Création – peu lui chaut : sa haine de moi lui tient de perchoir. Je le crains comme l'arsenic. Cette bête est monstrueuse, je vois en elle rouler des pourritures, elle connaît mes feintes.

Je l'étrangle, il s'envole. Je le fais cuire, il tourne sur lui-même. Ma transparence devient problématique. Félicistée cesse d'être seulement Félicistée, par la faute du perroquet poussent sous sa peau d'émouvantes taches de rousseur, que je ne connais que trop pour avoir tenté de les dénombrer, c'est douloureux, j'en veux à ce perroquet.

Il m'empaille de son ressentiment, petit à petit. N'est-ce pas ce que je voulais ? Il me souffle aux narines la fumée d'un cigare. Ne l'ai-je pas cherché ?

Je commence à souffrir du fait que Féliestée ne me voit pas. Je tombe malade, je ne peux plus parler ni manger, quelque chose m'en empêche

– c'était sous la langue une épaisseur virgule comme en ont les poules quelquefois –

sous la langue, une épaisseur : qui vous empêche de dire, même en restant au fond de la gorge, ce que vos doigts savaient naguère pianoter tout seuls sur sa peau.

Sous la langue, une épaisseur ? Ça va mal finir.

97

Bien qu'il ne fût pas un cadavre, les vers le dévoraient ; une de ses ailes était cassée, l'étoupe lui sortait du ventre.

98

Mais de qui parle-t-on ? De qui se moque-t-on ?

Je referme tous les volets de la Villa Cœur Simple, les uns après les autres, la pénombre se propage comme un déroulé de dominos, forme une spirale et s'élance dans les escaliers jusqu'à la dernière chambre, la plus haute, où j'en ai bien peur s'est planquée Estée. Avant de claquer la porte, je tends l'oreille. Les mouvements de son cœur se ralentirent un à un, plus vagues chaque fois, plus doux, comme une fontaine s'épuise, comme un écho disparaît ; et, quand elle exhala son dernier souffle, elle crut voir dans les cieux entr'ouverts un –

Hors de question. Je retourne dans la nuit bovaryenne.

99

Et là nous dormirions
Jusqu'à la fin du monde.

V

Labo Homais

« Est-il permis de venir se réchauffer et se fortifier un peu à votre contact ? Vous savez ce que je pense des hommes atonifiants et des hommes toniques. Si donc je vous dérange, il faut vous en prendre à votre qualité, encore plus qu'à mon infirmité. J'ai besoin de vous comme d'une douche. »

Lettre de Baudelaire à Sainte-Beuve
(14 août 1858)

100

Le soir, principalement, quand son quinquet est allumé et que les bocaux rouges et verts qui embellissent sa devanture allongent au loin, sur le sol, leurs deux clartés de couleur, alors, à travers elles, comme dans des feux de Bengale, s'entrevoit l'ombre du pharmacien accoudé sur son pupitre.

99

C'est Homais qu'il me faut ! Non pas l'Homais impie qui croit en l'Être suprême et rêve d'une large phlébotomie mensuelle du corps religieux dans l'intérêt de la police et des mœurs. Pas l'Homais, roué apothicaire et coryzaphobe acharné. Pas l'Homais qui lit Voltaire. Pas l'Homais admonesté par le procureur du roi pour exercice illégale de la médecine. Pas l'Homais qui adresse seulement quelques félicitations provisoires à Emma après la naissance de sa fille. Pas cet Homais-là. L'Homais que je veux prendrait presque deux m si la chose était possible. L'Homais après lequel j'aspire et quasi soupire, l'Homais yonvillais dont je vais me gaver sans rime ni raison est l'Homais secret, l'Homais interdit d'Homais, son anti-Homais, pour ainsi dire. C'est l'Homais-valise-dans-la-valise, l'Homais serpentin, l'Homais-impossible-et-qui-pourtant-est, l'Homais tendu, arqué, lâché en fer de lance à travers les cieux rouennais qui résonnent de calèches en feu ! L'Homais-machine auquel atteler mon désespoir d'Estée.

98

Ah, l'enfance d'Homais, quel bilboquet sans cesse recommencé et quelle facétie pour le crâne ! Né à l'âge de huit ans, Homais broute déjà sa parturiente sous les yeux médusés d'un père hoquetant, rongé par la goutte et le culte d'Heylel. Puis on lui offre un hochet : il l'enfonce partout et le suce longtemps. Homais torture les chats pour le seul plaisir de voir leurs maîtresses se pâmer dans des allées d'hortensias ! Buveur de lait, trousseur de pintade, que de métiers lui filent entre les doigts ! Il vit un temps en Patagonie, comme briseur de grèves, et c'est tant mieux car il s'y fait des amis qui aujourd'hui encore gouvernent la partie orientale de notre insouciance. Mort une première fois en 2001, Homais est contraint de se repharaoniser et de percer la croûte triangulaire des pyramides pour resurgir sous le soleil moisi d'une sous-préfecture coloniale, où il sait exciser plus d'un mal, honte à lui. Mais jamais Homais n'en démord : *Il faut marcher avec son siècle !*

97

Ce qu'il fait, à fond.

96

En 2008 il rachète Google au Vatican et lance son propre label, Hirondel (sa mère meurt au mont Sinaï dans les bras d'un hallebardier franquiste). L'époque lui va, il apprend le chinois. On l'ampute, il repousse les affections de la veuve Marcos, quelle histoire, et que de récits perclus on en fait à gorge déployée dans tous les tabloïds de la Rhénanie. Tant mieux. Il oublie de manger la daube que lui cuisine l'armée éthiopienne et repart de zéro. On le distribue. En 1789, il prend Robespierre à partie et dessine les plans des Abattoirs de Massy, comme ça, en deux coups de crayon. Fortune. Gloire. Destitué, il épouse en deuxième noces la sœur de Kate Moss et apprend que Vénus n'est pas une planète mais une succursale thaïlandaise, ce qu'il réfute et prouve lors d'une allocution à Bercy retransmise au Taj Mahāl. Sacré Homais, il lance une allusion que personne ne saisit mais que tous reprennent. Son cheval fait sécession, broie du noir et jouit *in extremis* sur le parvis de Notre-Dame, la nuit même où les phalanges de l'ordre ancien brisent les os du dernier sans-abri. Honfleur capitule. Rio brûle. Lors de la première à

New York du *Madame Bovary* de Minelli, il engrosse une ouvreuse qu'il congèle par mégarde. Bardot l'invective, Saddam Hussein l'imite. Homais se refait une santé sur les plages radioactives du Portugal, et c'est là paraît-il que la musique le sollicite sous la forme d'un tambourin. Honni un temps, il se défonce au kava-kava. Coïncidence, son père dissout la Loge P-28, en pleine émeute mandchoue. En 1939, la chancellerie du Reich le nomme Grand Épicier de l'Amour, ce qui l'amuse mais ne l'enrichit guère. Il bâcle quelques concepts et tient bon.

95

Un homme en pantoufles de peau vertes, quelque peu marqué de petite vérole et coiffé d'un bonnet de velours à gland d'or, se chauffait le dos contre la cheminée. Sa figure n'exprimait rien que la satisfaction de soi-même, et il avait l'air aussi calme dans la vie que le chardonneret suspendu au-dessus de sa tête, dans une cage d'osier : c'était le pharmacien.

94

Voilà un homme qui me plaît, à ses basques je vais m'accrocher, que m'importe de jouer les héros, redresser des torts est d'un ennui, plutôt les tordre, par des gestes qu'ailleurs on jugerait indécents, voilà un homme à mon goût et, bientôt, je le sens, l'espère, à ma guise. Je vais l'aborder, le flatter, le surprendre, le tic-tac de sa conscience ronronnera un jour sur le coussin de ma lâcheté. Puis je l'absorberai et deviendrai ce qu'il est. Ce sera mieux ainsi. Quel pharmacien irait s'amouracher d'une Estée ? Si je me fais Homais, je suis sauf. Il faut marcher avec son siècle.

93

Je commence par un kilo d'Homais. Soigneusement étalée sur du papier paraffiné, éclairée par un cône de lumière jaune que diffuse l'ampoule de la curiosité, la molle viande homaise ressemble à un paysage de vallons qu'un couchant caresse, j'y enfonce un doigt. Toute la main y passe. Un frisson d'enfant fiévreux me remonte le coude, m'endolorit la nuque, je plie les jambes, une grande inspiration et c'est le plongeon. Dans la viande je passe.

92

Je consomme tout ce qu'il possédait : six boîtes de jujubes, un bocal entier de racahout, trois coffins de pâte à la guimauve, six bâtons de sucre candi. On me fait parrain, lieutenant, souche-mère et grand argentier des démunis. Je trousse la baleine démocratique, transforme l'or vil en boisson chaude et revigorante, m'essaie aux haltères. Qui me consulte repart la tête haute, qui m'évite se prend les pieds dans le plat. J'achète et revends du tonnerre, féconde les nourrices de mes esclaves, presse des disques d'où ma voix s'échappe en longs filaments noirs. Puis je redescends sur terre et là les choses se corsent.

91

Je suis, n'en déplaise aux passions, pharmacien. Enfin.

90

Mes idées sont à ce point arrêtées qu'elles semblent leur propre empreinte. J'imagine un dieu pour tous les hommes qui se rêvent debout et brûle des encens d'un pragmatisme affligeant. Les rares amis que je me confectionne au fil des rencontres de hasard perdent leur étoupe et très vite se moquent de moi, de ma façon de m'habiller, du débit de ma parole comme si j'avais bu. Je convoite en sournois la nuque des femmes, mais le seul contact de leur dentelle m'entaille la peau et la recouvre d'une inquiétante rougeur. Quand j'en prends une, pour ainsi dire à revers, je sens se contracter dans ses omoplates un sec dégoût. Ma semence retourne à sa base, je dors mal. Parfois, j'ai des élancements d'enthousiasme, une envie me soulève, je sens le gris de mes yeux foncer, les jointures de mes doigts s'épaissir, c'est un moment d'une grande émotion, dont je ferais aisément des romans si ma plume, une fois tenue et promenée, ne sentait la poule humide et promise au bouillon. Je n'ai pas toujours été ainsi même si je n'ai pas souvenir d'avoir été autrement. Cette impuissance qu'a le souvenir à me renvoyer un reflet différent ne fait que me dégoûter davantage de l'autre que j'ai dû être. J'en conçois des vertiges et joue à la crapette.

Je fais une analyse auprès d'une femme plus âgée que moi dont les inflexions austères me rabrouent. Son canapé en cuir est bancal, signe que les rêves mentent parfois. Sous sa coupe, j'invente des traumatismes, des chocs, je repeins ma petite enfance aux couleurs de la débrouillardise, elle m'interrompt et me traite d'affabulateur, de funambule, je dois me battre contre moi-même, je dois m'attraper par le col et me faire mordre la poussière. Je trouve cela injuste. Je veux juste, dis-je à mon épouse d'alors, savoir ce qui m'a fait moi. On me quitte sans me saluer. Je ne garde pas les enfants, ils vont mourir en haute mer, ou en plein centre-ville, c'est idiot. Je me remémore la pharmacie, ses étagères poussiéreuses, ses bocaux aux étiquettes décollées, les cuves entassées dans la réserve, les pommades et les onguents, l'odeur du camphre dont je ne me lasse pas (dont je sais que je ne me lasserai jamais, *jamais !*) Des personnes bien intentionnées m'enjoignent de renouer avec mes racines. Je surmonte ma haine des tubercules et j'enquête sur mes ancêtres, c'est une catastrophe. J'ai beau remonter l'échelle des ans et des siècles, ils sont tous morts, d'une façon ou d'une autre, leurs pierres tombales sont des bornes qui se foutent des kilomètres.

J'apprends que j'ai eu un père qui a eu un père, et que tous deux faisaient le même métier, l'un avec ennui, l'autre avec passion, pour le même résultat : peau de balle. On me vend le portrait sans cadre d'une mère qui se réclame de mon sang : elle a mes yeux, mon nez, mais son front est une friche, ses pommettes m'effraient et me donnent des cauchemars. Une tribu d'aïeux déboule dans mon meublé. Je les ausculte. Ils ont tant de choses à dire, leur parole est une masse informe de souvenirs filandreux que je démêle à grand-peine, à force de nuits blanches où toutes mes intuitions se révèlent vermoulues, jaunes. Un motif se fait jour, des lignes s'épaississent : je descendrais paraît-il de Maures ayant fricoté avec la foi juive avant d'aller se battre en duel aux Baléares, puis basta, exil, commerce. Je ne sais pas quoi en faire. Un arrière-grand-oncle, m'apprend-on en prenant le café – mon café ! –, connaissait quelques mots de slave. Je voudrais nier, ou qu'on me laisse du marc. Ces racines me lassent. Je ne sais toujours pas qui j'aurais pu être, ni d'après quel stupide modèle je suis fait ainsi et pas autrement alors que de toute évidence les choix sont multiples même si les solutions ne sont pas toutes satisfaisantes, loin de là. Je pars.

89

Pour comprendre quand l'Homais en moi s'est levé, je débobine ma vie jusqu'au pertuis de l'utérus d'où j'émerge, pas très frais, mais, disons, voulu, du moins par les mains de la sage-femme qui me plonge dans un baquet tiède puis me ceint d'une étoffe qui imprime à jamais sur ma peau son fripé. Je veux respirer mais je crie. Je veux remercier mais je maudis. On ne me suspend pas à la cheminée mais c'est tout comme. Un globe au lacis violacé enfourne son proboscis entre mes gencives lisses et dans le lait de cette autre je trouve tous les éléments nutritifs susceptibles de me sevrer des charmes de ma parturiente. Mes premiers pas sont des catastrophes qu'on applaudit d'une belle moquerie, mes premiers mots prononcés des hochets que la famille agite en chantonnant. La nuit, j'analyse mon sang pour en déterminer le taux d'homaisité, et pour cela je recours à des rituels que même les animaux réprouvent. Chaque jour, je change sans changer. Ma mue est la même, immobile et muette : je suis un crotale hideux.

88

Le fait que je devienne homme-pharmacien ne signifie pas que je sois, déjà, Homais à cent pour cent. L'Homais descendra du pharmacien, soit progressivement – ce dont je doute –, soit brutalement, avec la violence d'un vase fracassé contre un mur par une main qui n'en peut plus.

87

Les années passent, je ne vois rien venir. J'apprends le latin, les fables, la géographie. J'aborde le grec. M'éprends d'une Gertrude. Les préliminaires sont toujours les mêmes : mon index glisse entre ses doigts, dessine sur sa paume un niais alphabet, elle penche la tête, je croise les jambes, elle murmure ce qu'elle croit être mon nom, je soupire, glisse un autre doigt entre ses doigts, les tortille un peu, elle croise les jambes, penche la tête, je sens ses mèches contre ma joue, chaque brin de cheveu est une annonce faite à rien, nos soupirs se contredisent, s'annulent, je m'ennuie, *so long* Gertrude.

86

S'il existe un secret Homais, ce n'est pas un sale petit secret, du genre de ceux qui servent à caler des appétits. C'est plutôt un secret vaste et propre, qu'un jour j'arpenterai sans m'en rendre compte.

85

Jeune officier sans savoir pourquoi, j'épouse une donzelle de dix-huit ans, du nom d'Élisa, dont je me sépare sans comprendre comment. Gorge grasse et ronde, peau brune et veines d'azur sous chair ardente, extase singulière, tout ça ne laisse sur moi aucune impression durable. Je suis une plaque sombre, qui ne sort pas de sa boîte. Incapable de chérir le moindre souvenir, je vais de pièce en pièce sans rien articuler. Les autres se succèdent. Mon cou épaissit et je ne prends même pas la peine de desserrer mon col. Des envies me traversent comme les lames truquées d'un magicien de province. Je fréquente des tentations, tutoie toutes les vanités qui passent à portée de ma poigne pourtant molle. Les velléités laissent des taches incolores partout où je les écrase. Est-ce en moi l'Homais qui s'installe ?

84

Je me lève à huit heures, je déjeune, je fume, je me baigne, je redéjeune, je fume, je m'étends au soleil, je dîne, je refume et je me recouche pour redîner, refumer, redéjeuner. Je suis dans un foutu état.

83

N'écoutant que mon devoir, je fais mon droit.

82

Je rencontre un type étonnant, un certain Gustave F., une brute aussi sensible qu'une jacinthe dont les nerfs sont régulés par un diapason détraqué et qui n'aspire qu'à décevoir la vie. Lui aussi a aimé une Élisa, est-ce la même ? *Est-ce jamais la même ?* Il me trouve fat, me pince le coude, se soûle avec moi. Notre amitié a moins de consistance que la farine, il nous manque tant d'ingrédients. J'essaie de l'admirer. Une maladie vénérienne m'éloigne de nos frasques communes. J'épouse plusieurs causes à la fois, sans en retirer ni plaisir ni promesse. Mon ancien ami redevient un nouvel ami. Ni lui ni moi n'y trouvons rien à redire. Il écrit. Je préfère causer. Moteur à deux temps, nous déraillons sans cesse de notre aspiration commune, avec pour toile de fond un de ces paysages qui vous font regretter le plafond omnipotent qui présidait à nos premiers vagissements.

81

Il échoue, se retire des affaires. Je m'obstine, le succès me tient lieu de caresse. Voyant que je boude cet échelon gravi à force d'inanité, mon ami fait l'ours savant, il me renverse un seau sur la tête et veut me payer des prostituées. « Il y a de quoi, hulule-t-il, danser des cancans effrénés, des polkas sauvages, des cachuchas titaniques. Il faut se couronner de fleurs et de saucisses, empoigner sa pipe et boire 200 000 987 105 310 000 petits verres. » Ce chiffre m'épouvante. Je crains d'un jour l'atteindre. D'un coup.

80

Plus j'y mets du mien et plus je retarde ma mue. C'était couru.

79 à 67

L'idée du mouvement perpétuel me séduit un soir, mais m'écœure au matin. J'apprends des hymnes dont j'ignore tout du pays. La pluie a sur moi un effet consternant, païen. Je dessine des chiens de mémoire. Une femme me fait des avances et quand au sortir d'un estaminet je la croise à nouveau il me faut faire un immense effort pour ne pas la coller contre le mur gras et recouvrir son visage de ma salive. Elle, souple, authentique jusque dans l'artifice, me prend par la main et me conduit chez elle. Sa chambre est pleine de fleurs, d'enveloppes décachetées, le pied ne peut s'y poser sans écraser des miettes de verre coloré. Au début, sa conversation me fait l'effet d'un lavement. M'étant ressaisi, je l'interroge sur sa conception de ce que mes pairs appellent l'amour. « Il faut que ça hurle par l'ensemble » est sa réponse dont je n'ose briser la carapace. Puis c'est la curée, ses doigts me ravagent les aisselles, je sens mes paupières tout irritées, une bile plus sucrée que d'habitude s'attarde entre mes dents, elle me touche l'intérieur, nous nous cognons aux meubles et peut-être même aux murs. Au moment de jouir, je m'aperçois. On dirait que mon nez saigne, ou va saigner. J'ai des yeux de mourant, même si ma bouche n'est qu'une grosse lèvre fendue à l'horizontal. Je dois faire un effort mental incommensurable pour déterminer l'emplacement exact de mes mains, l'actuel fonctionnement de chacun de mes doigts. Elle est assise sur moi et l'équerre que nous formons me change en plancher. J'ai l'impression de grincer de partout, que des clous vont sauter ; elle lève les bras puis croise ses mains sur sa nuque, et de sa commissure sourd une espèce de sifflement. Entre mes cuisses une poire trop mûre m'oblige à crier des bêtises. La somme que je lui laisse semble lui convenir. Rentré chez moi, je raconte tout aux chenets de ma cheminée, sans même penser à faire du feu. Je prends ma fébrilité pour de l'exaltation, mais sciemment. Je retourne la voir trois jours plus tard. Ses baisers côtelés me marquent de rougeurs. Elle me fait mal en voulant m'instruire. « Qui sait à quels sucs d'excréments nous devons le parfum des roses et la saveur des melons » est son commentaire qui m'épouvante. Pourtant, je ne romps pas. Nos rapports s'égalisent. J'en infère une complicité dont, pourtant, je ne saurais quoi faire. Parfois, je rouvre le mouchoir où j'ai conservé mon foutre et y cherche des preuves de l'existence, sinon de nous, du moins de moi. L'idée du mouvement perpétuel m'afflige un soir, mais me ravit au matin.

66

Je fais de plus en plus de déductions. Je crois que parce que x alors y et que certaines conditions permettent d'obtenir certains résultats. La perspective de relier tout avec n'importe quoi m'apporte des reflets de satisfaction qui, sans m'éblouir, distraient ma platitude. Je me penche sur les choses avec une sollicitude qui finirait presque par écraser son objet si la persévérance l'habitait. Je me sens habilité à ruminer en silence puis à tracer à grands traits des figures qu'aucun lilliputien n'aimerait habiter. Un jour, mon ami ancien puis nouveau puis bientôt de nouveau ancien, l'irascible Gustave F., me dit : « Vous vivez dans un enfer de merde, je le sais, et je vous en plains du fond de mon cœur. » Et moi, tout ce que je trouve à lui répondre, un doigt coincé dans le nœud de ma lavallière, c'est : « Constatons qu'aucun événement fâcheux n'est venu troubler cette réunion de famille. »

D'une phrase d'une seule me voilà devenu ce que je suis, me voilà Homais à deux cents pour cent. Saprelotte ! comme dit mon ami.

65

Je m'observe désormais par en dessous, dissèque la queue de mes pensées pour en analyser les caudales niaiseries, guette dans ma cornée l'image inversée de ce monde que je voudrais mettre en barrique, convaincu qu'une éternité de saumure lui apprendrait la bienséance, et tant pis pour l'odeur !

Au début, je trouve franchement odieux cet ectoplasme qui se veut en moi plus rigide qu'un œuf à repriser dans la chaussette à figure humaine que je promène à mon insu. Ses interventions me sont des plaies que touille son rire de ventriloque. Je parle le homais de plus en plus couramment. Par exemple, si je vois une vieille femme tomber dans la rue, poussée par le vent, au lieu de venir à son secours et de la relever, je reste planté où je suis, j'ouvre grand le trou de ma bouche et je gueule : « Honneur à ces esprits infatigables qui consacrent leurs veilles à l'amélioration ou bien au soulagement de leur espèce ! » Le pire, c'est que je prends goût à la disparition de mon ancien moi, comme si, comme si, je ne sais pas ? Peut-être que l'ancien m'agace et que le nouveau me séduit, d'où ce drapeau conquérant que je plante sur les terres du milieu. Et puis, tous les matins, je me réveille heureux avec en tête cette excellente pensée : « Cela nous prouve les irrégularités sans nombre du système nerveux. »

Si c'est ça, mon enfer de merde, je porte un toast à ses flammes.

64

Homais m'habite à temps quasi complet. J'en conçois un bien-être qui ressemble à un échafaudage. Quand l'image d'Estée traverse mon imagination sous haute surveillance, je ne la reconnais pas. Ce n'est pour moi qu'un point lumineux se détachant sur une surface foncée, dont le parcours erratique ne peut être dû qu'à des impulsions électromagnétiques, elles-mêmes causées par la défragmentation d'atomes qui feraient bien de la fermer. Qui donc resterait épris d'un point lumineux ? Grotesque. Comme l'amour, apparemment variante de la vènerie et de la taxidermie. Allons, prenez une goutte d'élixir Homais et c'en sera fini de ces troupeaux de chimères qui peuplent vos arrière-chiottes mentales. Cent cinquante kilos de sédatif, mille deux cents litres d'émollient, une cuillerée de dulcifiant, et si ça ne suffit pas, il y a les maisons closes, saprelotte !

63

Croirait-on qu'un simple sternutatoire pût exercer de tels ravages dans l'organisme d'un quadrupède ?

62

Je nous pose la question.

61

C'est décidé, je serai pharmacien. C'est un métier plein de bocaux et d'entrain. Je vais faire commerce de panacées, de placebos, et ne plus jamais pleurer. Bientôt, en ces murs mêmes, sur ces étagères et dans ces tiroirs qui n'auront pas le toupet de grincer, dans la réserve et sous le comptoir, j'aurai, à ma disposition d'abord puis à celle de ma clientèle : drogues douces, baumes, vulnéraires, stimulants, vaccins (anti-tout), curatifs, toniques (sur ordonnance uniquement), révulsifs (j'adore !), vermifuges, fébrifuges, antidotes, suppositoires, antigoutteux. Mais encore, puisqu'il faut bien que les armées soient nombreuses si l'on veut que les pertes le soient moins : coton, cataplasmes, huile, cérat, lancettes, lotions, dragées, canules, ouate, ventouses, gaze, liniment, collyres, mixtures, spatules, attelles, mortier, bandelettes, vésicatoires, infusions, cachets, essences, cataplasmes, charpie, cautères, plastrons, pinces, bistouris, sétons, sondes, clysopompes, vaporisateurs, digesteurs, urinaux, teintures, anti-cors, morphine, phénol, digitaline, codéine, chloral, guimauve, magnésie, gants de crin, peaux de chat, solutés, robs, opiats, juleps, bismuth, aloès, dentifrice, sulfate de quinine et si ça ne suffit pas je réciterai à l'envers toute l'encyclopédie médicale, mettrai en vers le serment d'Hippocrate, ferai des animations à thème, mais bon sang je compte bien remédier à tous leurs maux merdiques et les renvoyer chez eux les bras chargés d'espoir moderne. (Je sens que je me fossoie.)

60

Il y a tant de choses à soigner, n'est-ce pas, Estée ? Vois la varice qu'était mon cœur, qu'une triple injonction a sagement ratatiné. *Madman Bovary ! Madman Bovary ! Madman Bovary !* Que puis-je pour vous ? Contre la toux, dites-vous ? Mais bien sûr. Je suis contre la toux comme tout un chacun, je déteste la toux, j'exècre la toux, la tue quand c'est possible, la circonscris dès que possible, jamais ne l'évite. C'est tout. Je ne suis pas fou.

59

J'exerce le métier d'apothicaire pendant quelques siècles, servant toujours la même clientèle, des souffreteux n'ayant aucune idée des changements que subit le monde, des ministres qui fredonnent invariablement la même ordonnance, des vedettes du show-biz dont les chéquiers repoussent à chaque fin de mois, des inquiets, des penauds, et quelques animaux qu'il me faut rassurer puis empailler afin de ne pas répandre la peste à la surface du globe. J'ai réponse à tout et mes questionnements intérieurs ne regardent que le moi que j'ai soigneusement chloroformé il y a longtemps. Le carillon installé juste au-dessus du chambranle de la porte produit un son cristallin comme de bien entendu, et le morse aérien qu'il distille toutes les vingt-trois minutes (calculez : cela fait soixante-deux virgule six clients par jour car je ne ferme jamais) m'informe d'une certaine constance dans la farce entropique qu'est devenue la vie. J'ai mes habitués, et mes habitués m'ont. Nous formons une communauté, un sacré poulpe, aucun courant ne nous est inconnu, si demain on nous promettait une promotion nous déclinerions, dans la nuit nous déclinerions, pour n'en jamais ressortir.

Tous les jours je lis les journaux, tous les journaux, et j'y trouve la confirmation de toutes les suppositions qu'ont fait naître en moi ceux de la veille. Mon addiction à l'information est telle qu'il me faut dégrouper mes fréquences hautes pour permettre à toutes mes mesquineries annexes de traiter le surplus médiatique. Pour cela, j'utilise un tube à vide, dont l'émission me laisse agréablement vacant passé la mi-journée. Je bois aussi comme un trou.

59

Je passe une annonce pour trouver une femelle homais. Une centaine se présente, toutes affublées des mêmes initiales : S.T.

Je ferme boutique.

58 à 32

Je renoue avec mon ami Gustave F. Il s'en va demain en Orient. Viens, me dit-il. Je soupçonne un piège, mais, ivre mort sur le canapé du salon, l'empreinte de la télécommande sur la joue gauche, je me vois mal mener une enquête. Je lui propose une bière. Il la boit d'un geste sec, comme s'il consultait juste l'heure à son poignet. Puis il part, et je reste dans mon petit studio aux murs décorés de Homais se levant de bon matin, de Homais recevant la médaille du mérite pharmaceutique, Homais essayant la bombe atomique sans le recours au moindre adjuvant, Homais battant Homais à son propre jeu, Homais Homais pourquoi m'as-tu abandonné ?, Homais n'est plus dans Homais, Homais coursant des récidivistes dans un dédale de rues s'achevant en cul-de-sac, Homais troué, Homais nu mais consentant, Homais mangeant sa mère. On sonne. C'est mon ami Gustave F. Il s'en va demain en Orient. Viens, me dit-il. D'accord.

31

L'Orient a la taille d'une maison de poupée mais on y joue à tout autre chose. J'étais venu pour les putes, je ne croise que des soldats. Je me renseigne pendant que Gustave épistolarise comme un dément. J'apprends que 1/ L'Orient a ouvert ses portes il y a peu, après la fermeture pour raison d'hygiène du Salammbô ; 2/ Si l'entrée est gratuite il faut néanmoins s'acquitter d'une certaine somme pour sortir (d'où le nombre impressionnant de résidents) ; 3/ Les affaires ne vont pas très fort en ce moment mais avec la sécheresse tout rentrera dans l'ordre.

J'achète des cartes postales avec lesquelles je fais des châteaux qui résistent aux plus fortes rafales. Ce n'était pas le but recherché.

30

Tu veux qu'on aille la voir ?

Je regarde Gustave. Il est sérieux comme un fouteur en chef.

Maintenant ?

Maintenant.

D'accord, mais c'est toi qui racontes.

Il me tend sa paume, je tope là et nous allons bras dessus bras dessous rendre visite à Kuchuk-Hanem.

29

Gustave tient sa promesse et raconte : « Kuchuk-Hanem est une courtisane fort célèbre. Quand nous arrivâmes chez elle (il était 2 heures de l'après-midi), elle nous attendait, sa confidente était venue le matin à la cange, escortée d'un mouton familier tout tacheté de henné jaune, avec une muselière de velours noir sur le nez et qui la suivait comme un chien. C'était très farce. Elle sortait du bain. Un grand tarbouch, dont le gland éparpillé lui retombait sur ses larges épaules et qui – »

28

Au temps pour lui. Nous n'avons pas dû marcher dans la même flaque. Ou l'adresse n'était pas bonne. Le fait est que la Kuchuk-Hanem que je rencontre après Gustave m'impressionne tout autrement, comme un poisson vu par l'un derrière la vitre de l'aquarium et par l'autre sur le rebord de son assiette.

27

Ma première entrevue avec Miss Kukuchuk est une parodie volcanique qui me convulse de part en part. Aussi corrosifs que soient les baisers, il ne devrait pas être permis d'en recevoir d'aussi sulfuriques. Passé les préliminaires, on voit le jour à travers ma peau, pourtant tannée comme celle d'un docker du Sud. Et ces promesses, ces déclarations ! ce sont de vraies saillies visant à me rendre jument. Ah, Kuchie chérie, que de couleuvres tu glisses dans ma gorge, et comme leurs ondulations m'apprennent l'indulgence envers moi-même ou ce qu'il en reste. Je la prends debout et le mur bascule comme si par nos hanches soudées passait un axe que le moindre soupir actionnait. Quand elle jouit, j'entends le crissement des murex sous le pilon des teinturiers. Mes mains trouvent dans son dos, sans les voir, des encoches d'une douceur inquiétante. Elle a de petites cuisses pour une ogresse. Ses pieds me piétinent au rythme de la musique qui palpite à la naissance de son cou. J'adopte ses rires. Je sens bien qu'elle me trouve un peu trop pharmacien à son goût, mais elle a l'élégance de ne pas exiger de moi que j'exige d'elle autre chose qu'un amour sans tain.

Nos ébats sont bien beaux, mais j'ai un mal de chien à trouver après un taxi. Gustave, lui, se contente de voler, plus lourd que l'air il zeppeline tranquillement dans la nuit et bien souvent il me dépasse et me hèle. Je ne lève jamais les yeux, de toute façon il pleut à chaque fois.

26

Il est retourné la voir. Quel mouton ! Et me fait part de ses impressions qu'il a sûrement déjà consignées et expédiées à qui de droit : « J'ai revu Kuchuk-Hanem. Ç'a été triste. Je l'ai trouvée changée. Elle avait été malade. J'ai tiré un coup seulement. (Le temps était lourd, il y avait des nuages, sa servante d'Abyssinie jetait de l'eau par terre pour rafraîchir la chambre.) Je l'ai regardée longtemps, afin de bien garder son image dans ma tête. Quand je suis parti, j'ai promis de revenir le lendemain, et ne l'ai pas fait. Du reste, j'ai bien savouré l'amertume de tout cela ; c'est le principal, ça m'a été aux entrailles. »

Plutôt que de répondre quoi que ce soit, je le plante sur le quai de la gare et je file dans la première pharmacie ouverte pour racheter de la codéine. La fille qui me sert évite mon regard. Ses cheveux roux m'insultent. Je décide tout naturellement de mettre un point final à cette existence superfétatoire qu'est devenue la mienne.

25

Mon suicide se déroule selon les règles de l'art qui veut qu'échouer ne soit pas sans noblesse et vaille mieux que de rester au fond de la salle sans lever le petit doigt. Le peu de sang que je verse m'est immédiatement transfusé, dans un beau verre en cristal que m'apporte un sommelier tout de noir vêtu. J'annule quelques dates de concert, reporte à plus tard le lancement de mes satellites, fais le plein de revues cochonnes. Mais force m'est de constater qu'en moi la momie Homais a fini de jouer les épouvantails.

24

Après avoir alerté les médias et leurs proches, je me rends à mon propre enterrement. Funérailles capitales. Le chapiteau, tôt dressé sur la place d'Yonville, évoque un vague Kremlin. Le mât, en chêne, sent saint Louis à dix lieues à la ronde. Des haut-parleurs diffusent des messages d'encouragement émanant de tous les experts en dégrisement. Des pom-pom girls hystérisent leur signalétique sur fond de salsa. La fête sera amère mais correctement menée. Je reconnais tous les visages, même ceux que les obus d'hier ont réduits à l'état de pulpe. On nous sert un porto dégueulasse.

Les premiers ours paradent, arrachés à leur somnolence par la férule d'un Loyal certainement aveugle puisqu'il est assisté d'une forte femme qui lui murmure des indications scéniques sans lesquelles on risquerait le carnage. Puis, harnaché au toit d'une quelconque voiture de l'Est : *le cercueil*, en polyester badigeonné de signes mercantiles (de scrupuleux sponsors, rameutés par le fan-club d'Homais, sans aucun doute).

Le cortège décrit une spirale dont les annelures donnent le tournis et semblent se dilater et se contracter au fur et à mesure que la Lada (?) approche du nombril du cirque. Il est temps de manger.

Le banquet, opposé à l'idée bourgeoise de victuailles, ou du moins à l'idée bourgeoise que véhicule le terme de « victuailles », se compose, très simplement, d'huîtres perlières. Très vite, l'alcool aidant – on est passés au rouge –, tout le monde joue aux billes à même la sciure de la piste, et même jusque dans les gradins. On en oublierait presque qu'il fait beau.

Comme la foule espère un discours, on tire mon numéro au sort, dans un simulacre assez réussi de conscription. Je dois alors prononcer une espèce de laïus devant les gradins bondés. La tension est palpable, à défaut de réelle.

23

Sur les gradins, ça ronfle, ça pète même en sourdine, les ours rongent des omoplates dans leur cage, il doit être près de minuit. Je me dirige vers le cercueil, toujours sur le toit de la Zastava (?), je grimpe dessus, aidé par l'opération du Saint-Esprit qui n'est plus à ça près et moi pareil. J'aimerais me sentir fébrile mais ce n'est pas le cas. Vomir *is not an option.* Je répète : *vomir is not an option.* Après tout, L'OCCASION FAIT LE LARRON, si j'en crois la devise du principal sponsor, qui clignote impunément à la circonférence du chapiteau, côté jardin, balayé par les prismes fluo des poursuites (le camion de la régie n'est pas loin).

Je me lance.

22

Mes chers compatriotes…

21

Madman Bovary ! Madman Bovary !

20

Des clameurs montent de toutes parts. Je suis flatté, même si je n'en mène pas large. Démasqué, je me racle la gorge et, une fois expulsé dans la sciure de ma timidité, je charge :

19 à 2

Frères humains qu'un simple pou peut faire dérailler et conduire à l'homicide, vous qui dans le plus simple appareil de vos consciences et le confessionnal de vos idées impures connaissez le prix non négociable de la vie, vous qui, qu'il pleuve, bombe, pisse, cajole ou défonce la porte à coups de botte, avez appris à aimer votre prochain remis entre les mains des autorités après envoi d'une certaine lettre anonyme, vous qui du matin au soir conspuez le sel qui ne sale rien et le programme que vous suivez au silence près, chers collègues de la souffrance, compagnons des dénis et des week-ends en amoureux pour mieux rompre le lendemain, amis tendres par qui le scandale non seulement arrive mais s'installe et prend ses aises, facétieux acolytes toujours prompts à remettre ça quand j'envisage d'arrêter, fiers alter ego aux biceps translucides dont j'apprécie et la patience et l'impatience à mesure égale, vieilles branches, si je puis dire, moi dont le tronc fracturé par je ne sais quelle foudre a vu sa sève gicler dans ce qu'autrefois on appelait le crépuscule mais qui n'est plus désormais – et c'est tant mieux – que le prime time, très chers premiers et derniers associés dans une association qui, nous le savons tous et si nous ne le savons pas tant pis pour nous, une association, disais-je, qui va nous mener à la banqueroute, à la faillite, bref, à vau-l'eau mais sûrement pas dans les petits papiers du clan Haber Gidir, oui, vous, vagues confrères venus rendre un ultime hommage au camarade Homais, mort des suites d'un cancer du testicule gauche (siège pinéal du remords), mes copains, partenaires malgré vous de la plus grande entreprise du siècle, celle-là même qui nous verra conquérir les faubourgs de Vénus et rouler dans la farine de la Banque mondiale les plus petits prétendants à la libre circulation de l'emprunt, zélés sociétaires et prétendus zigs, drilles, concubins, oui, vous, frères humains qui êtes venus si nombreux et ma foi plutôt résolus ici pour écouter le sermon funèbre qu'un coq comme Homais mérite, je ne vais pas vous rappeler, même de façon prétéritive, ce que fut pour moi et possiblement pour vous cette roulure aujourd'hui cadenassée dans du polystyrène que nous sommes venus, sinon adorer, du moins déflorer de nos pensées-putes. Non. Ce qu'Homais fut on s'en fout (et oui, vous pouvez fumer). Dirai-je son enfance alors que tous vous en fûtes privés dès l'invention du souvenir numérique ? Oserai-je brosser le portrait de son ascension à un moment où la tour Burj Dubaï s'apprête à niquer la voûte céleste de son cent soixantième étage (hors antenne) ? Vanterai-je la splendeur mercuriale de ses pectoraux ou la hardiesse, certes tempérée par une connaissance innée du temps qui passe, qu'il démontra à chaque étape de son développement ? Qu'en fut-il de son ire ? Qu'hantèrent ses nuits ? D'où fuit-il ? Vint-il nu, ainsi qu'un vermisseau tenu au secret nutritionnel, ou mordit-il franchement le fruit tabou ? Sincèrement, calmement, accessoirement, qu'en avons-nous à cogner ? Vous l'avez connu, partagé, détaillé, estampillé, vous savez fort bien à quel point il représente, même aujourd'hui, encore même aujourd'hui ! la soucoupe à bord de laquelle nous aimerions tant voler.

Par conséquent, les enchères peuvent commencer. Au fond, la chemise brune, on me dit 500. 500 ! C'est le premier prix, ça les vaut, qui dit mieux ? qui dit plus ? Là, au premier rang, une main, charmante, bonjour madame, 800. 850 pour la grosse bague derrière ! 900 ici, c'est bien, ça les vaut ! 900, n'en restons pas là, si on en reste là autant le donner aux vautours ! 1000 ! Qui a dit 1 000 ? Le monsieur à la minerve, on lui souhaite bon rétablissement ! On est avec lui ! 1500 au téléphone, direct Arabie saoudite, ça ne m'étonne pas ! On peut compter sur… 3000 ! Ah mes amis la surprise est au r-v ! Je vous le dis ! 3000 pour ma fille, je veux dire, la fille en robe rouge, bonsoir comtesse ! Homais à vendre ! Rabais s'abstenir ! 3000, va-t-on en rester là ? Va-t-on conclure ? si tôt ? combien ? 3100 ? non, ça ne compte pas, messieurs les vigiles vont raccompagner Pignolo aux vestiaires, merci ! 3 200, je savais que la bonne volonté s'était – d'elle-même ! – invitée ! 3 200 ça commence à ressembler à quelque chose ! Je vois des personnes qui se grattent ! c'est énervant ! c'est interdit ! 3 500 par ici, tant mieux, je commençais à… 3 800 pourquoi pas ? on doit pouvoir faire… 5 000 ! 5 000 ! Voilà qui s'appelle… ah, oui, c'est… Bien sûr… Discrétion… Je sens que ça va décoller… Je l'ai toujours su ! Je le prouve : à l'âge de sept ans j'ai vu mes parents se… 6 000 ! Mais c'est Broadway ! C'est l'anniversaire de Jésus ! La circoncision de Hitler ! Tout le monde est chaud, je le sens. Je le sens au fond du fin fond de… 6 001 ! M'en fous ! J'accepte ! Faut que ça monte ! Je veux, j'exige, j'espère que le mercure va te me le perforer ce thermomètre à fric ! C'est la charogne Homais qu'on vend ce soir, je vous le rappelle, si on n'est pas citoyen on n'est rien ! Bien, ça bouge, ça ondule, on se trémousse sur les bancs du fond, j'aime ça ! 6 500 ! Nous y voilà ! Dring ! Dring ! Bougez pas ! Allô ? Allô ? Oui je vous entends, je vous reçois, capté, oui, Steve, oui, Steve, mais comment ne… Right ! It's a go ! Chers frères humains qui après moi enchérissez, sachez qu'un certain client dont je ne saurais décliner patronymiquement l'entière identité mais que pour des questions d'évidente confidentialité nous appellerons Steve, vient de… oui… monter… que dis-je ? faire exploser le moisi plafond et nous voilà tenez-vous bien… à… à… 670 millions de dollars… Ne faites pas les têtards attardés, sortez un peu de vos bénitiers, c'est ni plus ni moins le chiffre d'affaires d'Adobe Systems ou, si vous préférez (vous préférez ?), la somme accordée par le gouvernement canadien à la ville de Toronto (et à la région, d'accord d'accord d'accord, de York) par l'entremise d'un fonds créé dans le cadre de l'initiative Transports-Action Ontario, je rappelle au monsieur au fond à côté de la jeune demoiselle en Hermès que le seuil de la pauvreté est de 1 dollar US par personne et par jour, non, ne riez pas, nous sommes filmés, enregistrés, satellisés de l'anus aux gencives par GooTube, on se calme, je vois que… oui ! vous ! 700 milliards de dollars sur ma gauche ! Sept cents milliards ! allons, ne faites pas cette tête ! ce n'est pas la mer à boire, je vous rappelle, je passe mon temps à rappeler que la même somme a été levée ces deux dernières années (celles que vous voulez…) par le private equity dans le monde, et si vous ne savez pas ce qu'est le private equity, pourtant l'expression est simplissime, messieurs les vigiles sont là pour vous raccompagner au casino des pauvres où moyennant vingt centimes vous pourrez perdre le quintuple, eh oui, les machines sont réglées ainsi, merci ! 1 000 milliards pour la petite phase terminale sur le fauteuil roulant en or chromé devant moi, mais comment ne vous avais-je pas remarquée chère madame ? j'en vois un qui ricane, liquidez-le ! 1 000 milliards de dollars c'est du canigou, de la roupie de sansonnet, on se calme, c'est, eh oui certains le savent et lèvent le doigt, gaffe, je vais croire que vous enchérissez, c'est… c'est… oui ! la réserve de changes de la Chine ! sa barre récemment prétendue symbolique ! dépassée ! alors on se recentre ! on revient sur terre ! Qui dit mieux ? Qui dit plus ? Qui s'est gratté le nez ? Qui a rajusté sa cravate ? Tout se brouille, c'est l'émotion, je salue la Chine, Mr. Jobs, je dis bonsoir à ma grand-mère qui n'en finit pas d'arracher les tubes qui lui rentrent dans le cul, vous savez ce que c'est de vieillir, un jour on vous annonce le pire, le lendemain c'est multiplié par cinq, par dix, Ah ! je vois une main ! Levée d'entre les radins ! Oui, une main qui me dit… qui me dit… quimeditdeuxmillemilliardsdedollars ! Mais c'est à peine le coût de la guerre en Irak ! On ne glousse pas ! Je vous en supplie ! Ne serait-ce que par respect pour la dépouille fumeuse de Herr Homais ! Je ne vends pas des pommes d'amour porte d'Italie, moi ! À genoux, porcs ! Quoi ? Ligne 7 ? Je prends ? Appel coûtant, tant mieux, c'est bon signe… Oui… à qui ai-je l'honneur ?… 3 000 ? J'ai bien entendu ? 3 000 ? c'est noté ! c'est noté, oui, c'est un chiffre facile à retenir, mais bien sûr, facile, j'ai dit facile, il se trouve que c'est, au poil du cul de l'aberration près, ce qu'a dépassé, mais à peine, la gestion des actifs par les online brokerage l'année où une éclipse annulaire de Soleil fut visible dans le quart nord-est de la France jusqu'à une ligne La Rochelle-Béziers au sud-ouest (il fallait se réveiller avant cinq heures du matin pour pouvoir l'observer – l'éclipse, pas la somme de 3 000 milliards de dollars, bande de niais !). Une petite pause ? Le temps de surfer sur le netpointcom ? Vérifier que ça s'agite pas trop d'ailleurs ? Qu'on n'est pas en train de sothbyfier à droite à gauche ? Ne nous laissons pas distraire c'est Homais ce soir qu'on vend, Homais qu'on brade à l'encan de ta mère ! Bordel ! J'en vois qui rigolent ! On reprend, on s'est assez dégourdi comme ça, 500 milliards pour la petite dame en ciré jaune, oui, vous madame, ne dites pas non, ne secouez pas la tête ainsi vous risquez de la perdre, 650 sur la ligne du Qatar, ça ne m'étonne pas, c'est le contraire qui m'étonnerait, et le contraire du Qatar, n'est-ce pas… n'est-ce pas… bon, je vais clôturer, je suis fatigué, j'ai d'autres choses à faire, et puis le cadavre d'Homais commence à sentir, alors, une fois, et je ne le dirai pas deux, deux fois et c'est la dernière, la toute der – 100 ! Oui, j'ai bien entendu, 100 000 milliards de dollars, une broutille, c'est la somme qu'ont perdue en 1929 les valeurs américaines cinq jours après que la Bourse de New York eut déclaré « le pire est passé », et moi aussi je le dis, le pire est passé, une fois deux fois trois fois adjugé vendu, le cadavre d'Homais est attribué moyennant la modique somme de 100 000 milliards de dollars à… comment vous appelez-vous ? hein ? Catherine-Nicaise-Elisabeth Leroux ! D'où ? Je dis : *de où ?* Sassetot-la-Guerrière ! Eh bien ça promet ! Venez, chère petite femelle de Sasselèvetôt-par-Derrrière, on veut vous voir, vous acclamer, un peu moins de chahut les enfants s'il vous plaît, l'ancêtre va venir, le temps va parler, la sagesse se montrer, bon sang mais qu'est-ce qu'elle fait, il refroidit mon macchabée, mon homard, mon ho –

1

Alors on vit s'avancer sur l'estrade une petite vieille femme de maintien craintif, et qui paraissait se ratatiner dans ses pauvres vêtements. Elle avait aux pieds de grosses galoches de bois, et, le long des hanches, un grand tablier bleu. Son visage maigre, entouré d'un béguin sans bordure, était plus plissé de rides qu'une pomme de terre flétrie, et des manches de sa camisole rouge dépassaient deux longues mains, à articulations noueuses. La poussière des granges, la potasse des lessives et le suint des laines les avaient si bien encroûtées, éraillées, durcies, qu'elles semblaient sales quoiqu'elles fussent rincées d'eau claire ; et, à force d'avoir servi, elles restaient entr'ouvertes, comme pour présenter d'elles-mêmes l'humble témoignage de tant de souffrances subies. Quelque chose d'une rigidité monacale relevait l'expression de sa figure. Rien de triste ou d'attendri n'amollissait ce regard pâle. Dans la fréquentation des animaux, elle avait appris leur mutisme et leur placidité. C'était la première fois qu'elle se voyait au milieu d'une compagnie si nombreuse ; et, intérieurement effarouchée par le vaste chapiteau multicolore, l'immensité concave des gradins, le commissaire-priseur et son marteau luisant, elle demeurait tout immobile, ne sachant s'il fallait s'avancer ou s'enfuir, ni pourquoi la foule la poussait et pourquoi les journalistes lui souriaient. Finalement, à petits pas comptés, elle s'approcha du bureau et sortit d'un vieux sac en faux cuir un bout de papier chiffonné sur lequel elle avait écrit, d'une main tremblante, la somme de cent mille milliards de dollars, les zéros se suivant avec une régularité déclinante, comme autant de trous dans une ceinture qu'elle ne parviendrait plus jamais à resserrer autour de sa taille réduite à la finesse d'un crayon qui, bientôt, va casser.

0

On encaissa le chèque et on n'en parla plus.

VI

Gustave goûté

« Le profit sera 0, et la souffrance physique extrême. »

Lettre de Proust à Gaston Gallimard
(25 septembre 1921)

1

Six semaines s'écoulèrent virgule Rodolphe ne revint pas.

2

Rodolphe ? C'est qui ce Rodolphe ?! D'où sort-il ? Connais pas. Je le prends par les épaules et le raccompagne à la sortie, coup de pied au cul, salutations. Épuration, me dis-je.

3

Dans la vie, le temps tourne sans donner plus de vertige qu'un manège confié à un ancien ami. Une force centrifuge, qu'on aimerait qualifier d'habitude mais qui est essentiellement constituée de particules de lâcheté, nous maintient sanglé et stupide au fil de ces prétendues circonvolutions qui ne nous éloignent de rien si ce n'est d'un axe salvateur. Notre cerveau, décrété reptilien par ceux-là mêmes qui nous reprochent de ramper, contient dans le nœud de sa nuit une espèce de clou que le moindre mouvement, la moindre décision enfonce plus avant dans le bois de l'instant vécu, si bien qu'on a beau s'élancer, espérer, orbiter, on ne fait que rester ou s'arracher des lambeaux de soi. De là notre faculté à fermer les yeux et laisser éclore tous ces trous par lesquels choit le trop-plein. Le fait même de recourir à des métaphores – des combinés d'images nippés comme des souteneurs et comme eux veillant sur leur poule aux yeux d'or – prouve assez quel destin nous réservons aux joies insécables, irréductibles. Nous sommes pathétiques et promis aux plus grandes destinées.

Nous en oublions presque la corde pour nous pendre.

4

Ne dis pas ça !

Allons bon… Voilà qu'Emma – Emma elle-même ! – vient me consoler, comme si elle me voyait, comme si j'existais ! Elle me pardonne mon ignorance de Rodolphe et m'assure que ces vilains comices m'ont fait du tort. On m'a vu, me dit-elle, en compagnie de Catherine-Nicaise-Elisabeth Leroux. Nous formions, paraît-il, dit-elle, un couple pathétique, elle si chétive, moi si perclus, tous deux peinant à jeter la moindre esquisse d'ombre sur les allées du cimetière. Nos expressions, disait-on, paraît-il, explique-t-elle, témoignaient d'un unisson comme on n'en voit que chez les jumeaux tués par la même balle. Les propos qu'on nous a entendus échanger, soi-disant, le bruit court, à ce qu'on dit, rapporte-t-elle, étaient décousus et vaguement obscènes.

Je repousse Emma. Et comprends qu'elle délire, les bras ceints autour d'un arbre malade, la fièvre mouille ses lèvres, elle a la force du chagrin, auquel je n'entends rien. Ce n'est pas à moi qu'elle parlait, mais à l'arbre, et plus précisément à tout ce que cet arbre n'était pas, à tout ce qu'il refusait d'être. Pauvre folle. Son Rodolphe n'est qu'un fâcheux élément végétal qu'elle aura pris à tort pour une seyante silhouette et c'est tout. Je sais où je suis, je sais ce qu'il en est, je sais où tout cela va et d'où cela vient. J'étais là, moi – ce qui n'est pas son cas – quand le proviseur entra, suivi d'un *nouveau* habillé en bourgeois et d'un garçon de classe qui portait un grand pupitre.

Oh non, voilà que ça recommence !

Puis, de nulle part ou presque, une voix de vieux : « Je sais ce que c'est ! J'ai été comme vous, moi aussi ! Quand j'ai eu perdu ma pauvre défunte » – ce doit être le père Rouault qui cause dans mon poste – « j'allais dans les champs pour être tout seul ; je tombais au pied d'un arbre, je pleurais, j'appelais le bon Dieu, je lui disais des sottises » – mais qu'est-ce qu'il raconte ? – « j'aurais voulu être comme les taupes que je voyais aux branches qui avaient des vers leur grouillant dans le ventre, crevé, enfin – »

5

J'aurais voulu être comme les taupes que je voyais aux branches qui avaient des vers leur grouillant dans le ventre, crevé, enfin.

6

Impossible de quitter cette phrase qui, je le sens, me serait un parfait refuge, un moïse ou un cercueil, un lit d'oubli. Sur les branches, les taupes me fixent de leurs yeux-bulbes, le velours de leur abdomen parcouru de tressautements hideux. Nous pourrions rester des heures ainsi, moi suspendu dans le déni de Rodolphe et de tant d'autres choses, elles greffées à ces branches absurdes. C'est un moment que j'aimerais croire parfait, telle une tumeur poussée à même cette moite *Madame Bovary* où j'ai chu depuis que –

7

comme les taupes que je voyais aux branches qui avaient des vers leur grouillant dans le ventre, crevé, enfin.

8

que je voyais aux branches qui avaient des vers leur grouillant dans le ventre, crevé, enfin.

9

qui avaient des vers leur grouillant dans le ventre, crevé, enfin.

10

grouillant dans le ventre, crevé, enfin.

11

crevé, enfin.

12

Enfin je sens, dans les plis de cette brève convulsion, battre le pouls de Celui qui l'a dégorgée à coups de giclée d'encre après avoir trempé sa plume dans son encrier en forme de crapaud.

Flaubert est là, tout près, comme s'il se savait lu.

Profitant d'une soudaine capillarité, ou plutôt *conductivité* du papier, je me laisse aspirer, sliourp ! hors du tracé des mots pas encore secs et remonte tel un homme-obus le fût tendu de la plume. Parvenu à la jonction des doigts – ses doigts, bon sang ! les doigts de Flaubert ! –, je m'immisce sous les ongles ras, m'enivre de leur brutalité chantante, puis m'enfuis dans les veines minuscules que recèlent les boisseaux des nerfs – névrose, vous dis-je ! névrose… –, et en quelques instants j'ai atteint le coude qu'en pliant il – lui ! le grand homme ! – m'aide à contourner afin de mieux me propulser jusque dans le gras de l'avant-bras où après une ou deux hésitations musculaires je suis irrémédiablement hissé par la tension de l'épaule dont le brutal haussement me descelle et m'envoie forer, bien en deçà, sous l'éponge pulmonaire, jusqu'au cœur, gros comme celui d'un bœuf, tout persillé d'humeurs tonitruantes.

Les contractions de cette pompe affolée me cognent, c'est la raclée, j'essaie de me protéger mais en vain, je l'ai bien cherché, je l'ai mérité, et Flaubert de moi ne fera, je le suppose, l'espère, qu'une – beurk – bouchée.

13

Au fin fond de Flaubert – *ridiculus sum !* – il fait nuit.

14

Je suis l'interrupteur. Abaissez-moi. Du bout du doigt, abaissez-moi. Voilà. Vous entendez ? Ce qu'il dit ? Ce qu'il, lentement, à voix basse puis haute, crépite ?

15

Il dit, me dit, m'explique pourquoi il n'est pas ici, pas là, ni ici-là, mais ailleurs, où jamais je ne serai. Il chante, c'est un couteau sur la pierre, un fil très fin dans l'œil, du verre fendu d'avance. Et l'interrupteur que je suis sent sa masse s'abaisser et le courant alternatif de la centrale Flaubert passer et repasser par à-coups de colère. Court-circuité, pré-bouvardé, pécuchetifié, je me mets, moi aussi, à copier, peut-être pour m'effacer, peut-être pour m'enfoncer dans sa voix inaudible et proprement stupéfiante : « L'électricité est ce qui se rapproche le plus de la pensée ? Elle demeure comme elle, jusqu'à présent, une force assez fantastique. Ces étincelles qui se dégagent de la chevelure, lors des grands froids, dans la nuit, ont peut-être un rapport plus étroit que celui d'un pur symbole avec la vieille fable des nimbes, des auréoles, des transfigurations. » Et moi de lui souffler : Où en étais-je donc ? « À l'influence d'une habitude intellectuelle. Rapportons cela au métier ! Quel artiste donc on serait si l'on n'avait jamais lu que du bot, vu que du bot, aimé que le bot ; si quelque ange gardien de la pureté de notre plume avait écarté de nous, dès l'abord, toutes les mauvaises connaissances, qu'on n'eût jamais fréquenté d'imbéciles ni lu de journaux ! » Il me regarde avec humeur. « Les Grecs avaient tout cela. Ils estaient, comme *plastique*, dans des conditions que rien ne redonnera. Mais vouloir se chausser de leurs bots – » Une gifle, il me donne une gifle, comme s'il me rendait la monnaie de la pièce que je lui ai volée. « … de leurs *bottes* est démence. Ce ne sont pas des chlamydes qu'il faut au Nord, mais des pelisses de fourrures. La forme antique est insuffisante à nos besoins et notre voix n'est pas faite pour chanter des airs simples. » Il me bouscule, me crache dessus. « Soyons aussi artistes qu'eux, si nous le pouvons, mais autrement qu'eux. La conscience du genre humain s'est élargie depuis Homère. Le ventre de Sancho Pança fait craquer la ceinture de Vénus. » Il m'aide à me relever, hilare. « Au lieu de nous acharner à reproduire de vieux chics… » Son pouce s'enfonce dans mon œil. « … il faut s'évertuer à en inventer de nouveaux. Je crois que Delisle est peu dans ces idées. Il n'a pas l'instinct de la vie moderne, le *cœur* lui manque ; je ne veux pas dire par là la sensibilité individuelle ou même humanitaire, non, mais le cœur, au sens presque médical du mot. » Il me fait les poches, me dépouille, s'essuie sur ma manche. « Son encre est pâle. C'est une muse qui n'a pas assez pris l'air. Les chevaux et les styles de race ont du sang plein les veines, et on le voit battre sous la peau et les mots, depuis l'oreille jusqu'aux sabots. » Il découpe en deux ma carte bleue avec le ciseau de ses doigts, sans effort, puis l'avale, yeux clos, avec une expression gourmande. « La vie ! la vie ! bander, tout est là ! » Il fait mine de sangloter sur mon épaule mais je sens ses incisives crever l'étoffe et chercher la veine. « C'est pour cela que j'aime tant le lyrisme. Il me semble la forme la plus naturelle de la poésie. Elle est là toute nue et en liberté. Toute la force d'une œuvre gît dans ce mystère, et c'est cette qualité primordiale, ce *motus animi continuus* (vibration, mouvement continuel de l'esprit, définition de l'éloquence par Cicéron) qui donne la concision, le relief, les tournures, les élans, le rythme, la diversité. Il ne faut pas grande malice pour faire de la critique ! » Je dois lécher sa semelle, il insiste, c'est bon pour la résorption des, dit-il, fractures à venir. « On peut juger de la bonté d'un livre à la vigueur des coups de poing qu'il vous a donnés et à la longueur du temps qu'on est ensuite à en revenir. » Il me tire par les cheveux jusqu'à l'escalier de sa cave puis me demande quel est mon vin préféré et si j'ai du feu sur moi. « Aussi, comme les grands maîtres sont excessifs ! Ils vont jusqu'à la dernière limite de l'idée. » L'entonnoir enfoncé dans la gorge, j'attends. « Il s'agit, dans *Pourceaugnac*, de faire prendre un lavement à un homme. Ce n'est pas un lavement qu'on apporte, non ! mais toute la salle sera envahie de seringues ! Les bonshommes de Michel-Ange ont des câbles plutôt que des muscles. » Sous le lit il me pousse, à deux mains, malgré les ressorts qui dépassent et m'entaillent. « Dans les bacchanales de Rubens on pisse par terre. Voir tout Shakespeare, etc., etc. » Et de me cajoler, de me bécoter les tempes, tout en faisant la grimace. « Je crois que le plus grand caractère du génie est, avant tout, *la force*. Donc ce que je déteste le plus dans les arts, ce qui me crispe, c'est l'*ingénieux*, l'esprit. » Il me vomit, me chie, m'essuie, me couche, me prend, me raconte ce qu'il a fait de sa journée, puis me rosse et me conseille un bon bain chaud ou une nuit à poil dans un chenil. « Quelle différence d'avec le mauvais goût qui, lui, est une bonne qualité dévoyée. Car pour savoir ce qui s'appelle du mauvais goût, il faut avoir de la poéstée – » aïe ! « … de la poésie dans la cervelle. Mais l'esprit, au contraire, est incompatible avec la vraie poésie. » Mais crève ! crèveras-tu à la fin ! « Qui a eu plus d'esprit que Voltaire et qui a été moins poète ? Or, dans ce charmant pays de France, le public n'admet la poésie que déguisée. » Il m'arrache mes masques de peaux, l'un après l'autre, et les jette en pâture aux rats. « Si on la lui donne toute crue, il rechigne. Il faut donc le traiter comme les chevaux d'Abbas-Pacha auxquels, pour les rendre vigoureux, on sert des boulettes de viande enveloppées de farine. Ça c'est de l'Art ! Savoir faire l'enveloppe ! » Il me raccompagne sur le seuil de *Madame Bovary*, en sifflotant des airs paillards, puis me pousse dans la salle de classe, au pied du Proviseur qui vient d'entrer, suivi d'un *nouveau* habillé en bourgeois et d'un garçon de classe qui portait un grand pupitre. « N'ayez pas peur pourtant, offrez de cette farine-là aux lions, aux fortes gueules, ils sauteront dessus à vingt pas au loin, reconnaissant l'odeur. » Je, littéralement, m'exécute.

VII

Madman-bot

« Et puis à la boîte ! Fini joujou ! »

Lettre de Céline à Drieu la Rochelle
(5 mai 1941)

16

Ici-là, ce qui doit arriver ne s'en prive pas. Homais avait lu dernièrement l'éloge d'une nouvelle méthode pour la cure des pieds bots ; et comme il était partisan du progrès, il conçut cette idée patriotique que Yonville, pour *se mettre au niveau*, devait avoir des opérations de stréphopodie.

On allait guérir Hippolyte de son pied bot et par là même le monde de sa couardise. La belle affaire. Je savais comment ça finirait. Le coup du Proviseur... Mais cette fois-ci ils allaient avoir besoin d'un sacré coup de pouce.

Madman Bovary serait *et* le coup *et* le pouce.

17

Je lis tout sur le sujet, de l'articulet au quarto. Jamais question aussi osseuse ne m'a captivé à ce point. Je suis soudain épris de stréphopodie. Je rêve, littéralement, ténotimie. Les tendons, quels que soient les poids qu'ils tractent, me semblent tous excessivement tendus, voire superfétatoires, et la perspective de les trancher m'excite comme si j'allais inaugurer le lancement d'un paquebot voué à d'instructifs naufrages. Mon cœur lui-même assume la forme d'un pied bot, ses ventricules se replient vicieusement en dedans, le sang fait retour sur lui-même. Je claudique en moi-même, espiègle, contrit, c'est égal, bientôt je serai guéri. La science est ma matière, ma glaise. J'interroge, on me conseille. Je repars les mains chargées d'ouvrages, de fascicules, de chaudes photocopies. Je m'y mets tôt le matin. Le soir tout est clair. Je répète l'opération sans fin, je me sacre opérateur. Dans le vif : ça me fera du bien.

18

Il avait lu dernièrement l'éloge d'une nouvelle méthode pour la cure des pieds bots ; et, comme il était partisan du progrès, il conçut cette idée patriotique que Yonville, pour *se mettre au niveau*, devait avoir des opérations de stréphopodie.

— Car, disait-il à Emma, que risque-t-on ?

19

Rien. Je suis catégorique : rien.

20

Les fausses idées courent sur le pied bot plus vite que des sauvages pris en chasse par d'autres sauvages, et comme eux elles exhibent une nudité révoltante qu'il me faut compenser par des parures sobres. Qu'une parcelle de votre corps soit affligée d'une déformation et c'est l'univers entier qui semble balourd. Votre difformité devient la forme qui brise net la règle. Aussi cornée et fendue qu'un sabot, la folie bote ? Pas si sûr. Est bot tout ce qui ne gagne rien à courir comme un dératé ; c'est un choix, une profession de foi, un engagement sans solde ni gloriole. J'en connais d'autres. Bien sûr, à ce petit jeu on se fait remarquer. On vous montre du doigt et vous, vous regardez le doigt, et attendez qu'il en sorte un minuscule missile qui ira se planter dans votre œil, paille, poutre, paf, ni vu ni connu, on vous a reconnu. Un conseil : changez de trottoir. Habillez-vous en jaune. Faites le malin, mais sobrement. Comptez jusqu'à cent, ils se lasseront.

21

Homais a beau dire, on ne guérit pas du pied bot comme d'un chagrin d'amour. Malformation ? J'en doute. Orientation différente, penchant connexe. Prenez Hippolyte. Ce pauvre Hippolyte du *Lion d'or*. En d'autres temps, sous d'autres tropiques, il aurait conduit des chars et dirigé des aciéries. Son nom au fronton, ses fesses au chaud. Des parents moins aigris l'auraient marié à une dompteuse et il aurait fini tout en haut de la chaîne alimentaire, dans un bureau capitonné de crânes humains à dominante caucasienne, à siffloter un bourbon plus ambré que les plages d'Essaouira. À quoi ça tient. Prenez Hippolyte. Souffre-t-il ? Soupire-t-il ? Sait-il seulement ce que c'est que filer droit ? Offrez-lui un fouet ou un ordinateur dernière génération, parquez-le un temps parmi les boursicoteurs de Manhattan, vous verrez. Je sens fondre des cathédrales de mépris derrière ses yeux doucereux, et ça, ça ne trompe pas. Hippolyte verrait un buisson ardent qu'il pisserait dru dessus, et il n'aurait pas tort. Son pied bot le signe mieux que nous nos prétentions. En cas de pépin, il s'amuse. Pas nous. Allons-nous le soigner ? Hein ? Allons-nous le débarrasser de son velu sabot démoniaque et disgracieux ? Qu'en dis-tu, Hippolyte ?

22

À peine sentiras-tu, peut-être, une légère douleur ; c'est une simple piqûre comme une petite saignée, moins que l'extirpation de certains cors.

23

Hippolyte, réfléchissant, roulait des yeux stupides.

24

Des yeux stupides : perplexes, dubitatifs, hésitants, possiblement bleus, oscillant entre deux partis à prendre. Vais-je laisser cet hurluberlu m'empailler ? Pas facile de choisir – surtout quand l'alternative vous est présentée par un type qui a racheté Windows aux Raëliens et dont le cadavre s'est vendu à la bougie pas loin de trois mille pesetas. Si j'étais Hippolyte, je prendrais mes cliques et mes claques et j'irais me planquer dans une grotte en attendant que Rimbaud vienne faire le ménage. Alors Homais lui représentait combien il se sentirait ensuite plus gaillard et plus ingambe, et même lui donnait à entendre qu'il s'en trouverait mieux pour plaire aux femmes et –

25

Pourquoi faire d'une vie un calvaire ? Telle est la question que je pose à Hippolyte entre deux pages tournées. N'as-tu point, pauvre bougre, inoculée quelque part au fond de ton intimité, la vague velléité de voler de tes propres ailes, si possible en compagnie d'une de ces charmantes femelles qu'on voit parfois se poser sur le rebord d'une fontaine, si possible vénitienne ? Allons, que dirais-tu d'une opération bénigne ? Onze heures sur le billard, l'anesthésiste est un ami, on t'appellera un taxi. Tout va changer pour toi, Hippo mio. Répute, bacchanales, couverture sociale, tout va prendre un autre lustre, crois-moi.

N'es-tu pas un homme, saprelotte ? Que serait-ce donc, s'il t'avait fallu servir, aller combattre sous les drapeaux ?

26

Cet argument semble ébranler la dernière molaire suspicieuse du boiteux. Collé contre un mur chimérique, Hippolyte laisse sa main droite glisser le long de sa cuisse jusqu'à sa ceinture où pendouille une grenade. Surtout ne pas faire de bruit. La sueur coule de ses cheveux dans ses yeux, de ses yeux dans son cou, puis se tape un sacré trajet avant d'aller pleurer au fond de sa boot entre ses orteils tout beaux tout neufs. Dans deux secondes, il va arracher, dégoupiller, lancer, et ces quatre enfants sûrement pas si enfants que ça vont cesser de jouer avec ces bouts de bois certainement pas si bouts de bois que ça et peut-être que la guerre ici prendra un autre tour. Sous les drapeaux la peau.

Opéré, on saisit mieux la portée. On est porté.

27

Hippolyte, réfléchissant, roulait des yeux stupides.

28

Comment dé-boter Hippolyte ? Tant de choses en lui comme en moi sont irrémédiablement botées, techniquement redressables et corvéables mais profondément torves, nouées, repliées, à tel point qu'on s'interroge, qu'on s'émerveille, même : comment se peut-il que tout le reste tienne la route ? Notre démarche ? Botée ! Nos aspirations, la nuit, sous les draps ? Botées et rebotées ! C'est à désespérer. Et dans le même temps c'est amusant. Vue d'un lieu autre que mes yeux, ma démarche pourrait elle aussi prêter à rire ; tout claudiquant je vais, pareil à un forçat promenant son boulet, saluant au passage tous les bipèdes ingambes, conscient d'être à la traîne de moi-même. Madman-bot ! crient les enfants en me voyant. Madman-bot ! Je feins de les effrayer et eux feignent de ne l'être point. Sur cette base, on pourrait bâtir de solides amitiés. D'amour, point. L'amour-bot n'a pas la cote. L'amour-bot distrait, tout au plus, c'est un colifichet, un léger bidule, qu'on adopte, qu'on accroche au rétroviseur d'un énhaurme truck, au bout d'un cordon rouge, et on se balance ainsi à quelques centimètres seulement du reflet de la route passée qui enfonce son triangle dans le paysage en fuite, on s'entortille sur soi-même, bien trop vite pour voir le chauffard hilare, portable coincé entre lobe et épaule, qui dans quelques secondes va perturber le béhémoth des highways et causer un certain ralentissement dans l'ordre naturel des choses – mais pourquoi faut-il que ça finisse toujours ainsi ? Je veux dire : dans le décor ?

29

Mais ce qui acheva de le décider, *c'est que ça ne lui coûterait rien.*

30

Oui, mais à moi ça coûte. J'ai déjà perdu mon Estéebot et maintenant on voudrait que je perde le pied, que dis-je ? la jambe, et tout ce qui y pendouille encore ? Sans être plus Hippolyte que je ne le suis, je sais, je l'ai dit, comment tout ça va se terminer, j'ai lu moi aussi Ambroise Paré, appliquant pour la première fois depuis Celse, après quinze siècles d'intervalle, la ligature immédiate d'une artère ; Dupuytren allant ouvrir un abcès à travers une couche épaisse d'encéphale, pouah ! Gensoul, quand il fit la première ablation, je sais je sais je sais, tous ces types n'avaient certes le cœur si palpitant, la main si frémissante que M. Bovary quand il approcha d'Hippolyte, son *ténotome* entre les doigts.

31

Non !

32

Je sais très bien ce qui va se passer s'ils lui coupent le tendon. Ça va empirer. Tout va empirer. Les musées vont fermer, les statues s'effriter, des pans entiers de notre culture glousser et courir, tête coupée, sur la sciure des derniers arbres qui ne repousseront pas. Et là, je me pose le plus sérieusement du monde cette question qui en a agité plus d'un dans son bocal à tergiversations : puis-je, une fois, une seule, bouleverser un centième du millième du milliardième de l'ordre du monde ? Suis-je en mesure de raccourcir le nez de Cléopâtre ? d'arriver à temps à Sarajevo pour détourner le bras de l'archidukicide Gavrilo Princip ? de trancher d'un coup de canne la rose qui piquera le doigt de Rilke ? d'acculer la cause au bord du précipice de l'effet et de l'empêcher, au dernier moment, de – non ! – sauter ! Hein ? Je pose ces questions que je sais oiseuses car qui voudrait d'un Rilke cacochyme et troussant d'immondes odes à la gloire du cul fripé d'une sous-comtesse ? qui a envie de lire la énième suite des aventures du Petit Prince au pays de Baobabland ? et imaginez que cet olibrius de Gavrilo s'éprenne de peinture et monte une galerie et achète toutes les aquarelles de l'Adolf ? Certes, mais Hippolyte ne ferait pas de mal à une mouche, lui-même est une mouche qui vole dans *Madame Bovary* sans trop vouloir se poser et quand il se pose voyez ce qu'il advient d'Hippolyte. Mais la patte à Hippo point ne repousse. Qu'on coupe plutôt la queue à ce Rodolphe dont je n'ai guère entendu causer dans le poste et pour cause : veule, veule, veule comme le mot lui-même saupoudré de crottes de chauve-souris !

La vie ! la vie ! bander, tout est là !

33

Cependant, pour savoir quel tendon couper à Hippolyte, il fallait connaître d'abord quelle espèce de pied bot il avait.

34

Pour m'amputer, Estée n'y est pas allée par quatre douleurs, elle a requis ma personne auprès de la sienne, sachant en amont de notre ligature qu'il nous faudrait en passer par une dernière fusion, sans quoi nous ne trouverions jamais la rage d'atrophier nos souvenirs. La porte s'est ouverte sur sa silhouette un peu trop nette et j'ai, comme à mon habitude, contourné son miracle pour aller me faire du café, sentant dans mon dos qu'elle aiguisait les invisibles couteaux que j'avais eu la folie de lui offrir. Quelques paroles échangées dans un savant bonneteau nous rapprochèrent très vite front contre front, cette position animale que connaissent tous les amants friands de déchirures. Le reste, dont s'occupèrent nos mains, prit son temps et davantage. Si forniquer était un verbe et que les mots n'avaient pas l'épaisseur de nos lâchetés, je dirais que nous prîmes chacun à l'autre le plaisir qu'il ne pouvait lui refuser. Sa bouche dans ma bouche était à sa place et, derrière les rideaux, une fois de plus, vahinait la plante en pot que je n'arroserais jamais de mon foutre, pour dire les choses végétalement. Estée palpitait sur les draps comme une queue de lézard tranchée mais je n'eus pas l'outrecuidance de me croire soleil, je gobai ce membre sectionné de toute la soif dont je me savais avare. Les rousses galaxies de ses cuisses, ne lésinons pas, étaient ce matin-là si douces que mes joues, portées à la même température que ces amants d'Herculanum dérangés par le ramdam volcanique, il faut ce qu'il faut, s'en voulaient d'être aussi indulgentes que du papier de verre. Je la bus, elle m'effrita, et tout ce temps elle savait que le nœud se défaisait, que les deux mains de nos deux impossibilités s'activaient sur les lacets du bonheur, au moins comme ça les choses seront claires. Nos pieds ne cessaient de bousculer l'ordre non alphabétique des livres qui se dressaient au-dessus de nous. Il pleuvait du Faulkner, des flocons de Dostoïevski s'en allaient immaculer les draps, c'était, oui, c'était et peut-être sera-ce éternellement, quelque part, le cours des choses. Mes dents contre les siennes, je cherchais à mordre autre chose que le friable instant, ce que réussissaient à faire, sans verser le sang, ses ongles, qui ne laisseraient sur mes épaules que de rectilignes rougeurs qui, sous la douche, pâliraient comme des fourbes dans une pièce élisabéthaine, eh oui. Des choses, alors, j'en suis sûr, furent dites, qui n'avaient pas la pureté du passé simple ni sa cristalline cruauté. C'étaient des mots mi-viande mi-galet, confits de salive et comme cette dernière sujette et prompte à l'équivoque. Nos noms s'y mêlaient, parfumés de cet effluve commun qui n'appartient qu'aux draps, déformés par la tension des muscles qui se persuadent à l'instant de jouir – ta gueule, Emma ! –, qui sont certains quand tout ça va sourdre et sortir, que, oui, il n'y a plus de muscles – on ne peut plus rien hisser à quelques nues que ce soit –, plus de muscles et encore moins de nerfs ou de veines, rien qu'un clou enfoncé dans le clou qu'on appelle crier.

Regardez-nous. Nos corps ont pris l'aspect des draps, ni défaits ni à faire, comme eux ils attendent la fraîcheur de l'oubli, du temps. La parole a capitulé à même l'aveu. La sueur n'a plus qu'une obsession, se résume à cette décision : le refaire.

Regardez-nous. Quelque chose s'est cassé. Nous ne le referons pas.

35

Avec les conseils du pharmacien, et en recommençant trois fois, il fit donc construire par le menuisier, aidé du serrurier, une manière de boîte pesant huit livres environ, et où le fer, le bois, la tôle, le cuir, les vis et les écrous ne se trouvaient point épargnés.

36

Une manière de boîte : c'est exactement ça.

37

Mais à la différence d'une chambre noire, celle-ci ne laisse pas entrer la lumière, non, elle permet plutôt à l'obscurité de sortir, restituant au jour non l'image de ce qu'elle a capturé mais l'empreinte de ce que celui-ci comptait détruire par expositions successives. Comme si elle fabriquait des souvenirs dont le monde ne veut pas. J'envisage un instant d'y inclure autre chose que le pied déboté de l'homoncule Hippolyte. Mais à quoi bon ? Ne l'ai-je pas déjà fait à outrance, sous les mille et une coutures de la diversion ?

38

Charles piqua la peau ; on entendit un craquement sec. Le tendon était coupé, l'opération était finie.

39

Couic !

Le tendon était coupé, l'opération était finie.

40

Jouer au démiurge a ceci de navrant que les dés qu'on pipe sont toujours ceux de l'autre : le destin qu'on altère ne nous bouleverse en rien. Rajouter une année de vie à untel, vous passerez quand même sous les roues du premier char romain venu. Où est l'intérêt ? demanderez-vous. Regardez ce que fait le chat de la souris après l'avoir gavée de sursis. Ou relisez la lettre qu'elle vous a écrite après vous avoir signifié congé. Hippolyte est ma baballe. Ce n'est pas sa jambe de bois qui ne chauffe rien que je veux sauver du bûcher. Je veux juste voir ce qu'il adviendra des autres abrutis de la portée s'il en réchappe et danse le madison devant les yeux stupéfiés d'Emma et de Charles. Donc : Il avait un pied faisant avec la jambe une ligne presque droite (je trace un trait), ce qui ne l'empêchait pas d'être tourné en dedans (j'affine ma courbe), de sorte que c'était un équin mêlé d'un peu de varus, ou bien un léger varus fortement accusé d'équin (je laisse courir). Mais, avec cet équin, large en effet comme un pied de cheval, à peau rugueuse, à tendons secs, à gros orteils, et où les ongles noirs figuraient les clous d'un fer, le stréphopode, depuis le matin jusqu'à la nuit, galopait comme un cerf (je l'y incite, d'ailleurs). Or, puisque c'était un équin (mêlé d'un peu de varus, tout ce beau monde semble l'oublier, mais pas Madman Bovary !), il fallait couper le tendon d'Achille… Eh bien non ! S'il est mi-équin mi-varus, on ne coupe pas le tendon. Je répète : À toutes les unités, ordre de suspendre l'opération – *roger*… – la cible n'est pas un vrai équin – bien reçu… zrrggrrr… à vous – il s'y mêle une population de varus – bien reçu Madman… zrrrrrg-grgr… – je répète : suspendez l'Opération Tendon d'Achille. OTA suspendue. Du coup, je demande du renfort et redéploie mes nouvelles unités sur le muscle tibial antérieur. À part quelques récriminations marmonnées, que je sanctionne d'une débovarysation sèche et défoliante, l'équipe est avec moi et je peux agir avec son soutien total. Les doigts enduits de graisse fluo, nous nous frayons un chemin dans la jungle des nerfs et vaisseaux, un bruit à gauche, frrrt !, je sors mon scalpel, m'accroupis, attends, ce n'est rien, je continue. Le tibial antérieur est là, devant nous, à dix heures dix. Il nous tourne le muscle, abîmé dans la contemplation d'un os déformé. Je lève la main gauche, tout le monde se fige derrière moi. Je l'abaisse lentement et mes fidèles Cougars me suivent, chacun sait ce qu'il a à faire, la nuit tombe sur Bot-City, demain nous rentrerons chez nous couverts de sang et d'honneurs.

41

Charles piqua la peau ; on entendit un craquement sec. Couic ! Le *muscle* – et non le tendon, nom de nom ! – était coupé, l'opération était finie.

42

J'attends. Embusqué dans ma modestie comme un ongle dans son panaris, je laisse les heures faire le travail. Je laisse Homais rédiger son article crétinissime destiné au *Fanal de Rouen*. Je laisse Homais faire irruption dans la chambre des époux pour leur en faire la lecture. Je laisse Charles dire « c'est trop ! c'est trop » et je laisse l'émotion le suffoquer. Et cinq jours plus tard, j'ai gagné. La mère Lefrançois ne déboule pas tout effarée en s'écriant : « Au secours ! il se meurt... j'en perds la tête ! » Satisfait, je referme ses guillemets comme une porte sur les doigts de la fiction prétendument inéluctable, je croise les bras et je croise les jambes, je savoure ma victoire et je vais même jusqu'à murmurer, non sans perversité : Offrez de cette farine-là aux lions, aux fortes gueules, ils sauteront dessus à vingt pas au loin, reconnaissant l'odeur... Ça ne « lui » plaît sûrement pas, mais c'est comme ça.

43

Il se tordait, le stréphopode, dans des convulsions atroces, si bien que le moteur mécanique où était enfermée sa jambe frappait contre la muraille à la défoncer.

44

Eh bien, non, justement. Il va très bien, le stréphopode. Il sifflote dans son lit, le stréphopode. Allez, cours Hippolyte, bats la campagne, remonte la route, le temps, les pages, on repart tous de zéro, ça va nous faire un bien fou.

45

Nous étions à l'étude, quand le Proviseur entra, suivi d'un *nouveau* affublé d'un pied bot et d'un garçon de classe tout fringant qui riait sous cape et portait un pupitre. Le boiteux c'est Charles, et le grand, qui exulte en m'adressant de lubriques clins d'œil, c'est mon Hippo. Ceux qui dormaient se réveillèrent, et chacun se leva, comme surpris dans son travail. J'étais, cela va de soi et y retourne aussitôt, du nombre.

46

Dès lors, Hippolyte franchit tous les obstacles et chapitres de sa débovarysation. Il fait bouffer à Charles sa casquette-bonnet-chapska-chapeau, bâcle ses devoirs en se riant des dictionnaires et fait crever son père de désolation. Il exerce tour à tour les métiers de saltimbanque, maquereau, apprenti ramoneur, gargotier, finit par épouser une veuve dont il suce la dot jusqu'à l'os avant de la laisser dégénérer dans l'idiotie. Il s'achète un cheval, bat la campagne, contente quelques filles de ferme. Il aime à tuer les taupes à coups de bâton et à les suspendre aux branches des arbres, puis à observer la grasse sarabande des vers sous leur peau desséchée. Enfin, il s'achète des beaux atours qu'il porte dans les bals, les bals où il sait deviner, à la façon dont les parfums se laissent corrompre par la sueur, quelle naïve ou délaissée est bonne à croquer. Répugnant à travailler, il se fait entretenir un temps par une courtisane vaguement orientale qui lui enseigne quelques ruses tantriques. Puis, au cours d'un dîner mondain, Hippolyte fait la connaissance d'Emma, la trouve *possible*, met deux jours et une nuit à la circonvenir. Les noces sont sujettes à d'intenses joutes, tant orales que physiques. Il en sort systématiquement vainqueur, grandi, furieux. Emma est sa chose, son bonnet à poil, sa cravache, son escarpolette en chocolat. Elle baigne dans son jus. Il la laisse aller et venir dans sa vie en prenant bien soin de l'empêcher de hennir trop violemment. Parfois, par jeu, il lui jette un amant-hochet, un bellâtre-toupie, qu'elle use jusqu'à la corde avant de s'apercevoir que ce sont ses mains à elle que la corde a brûlées, lentement d'abord puis violemment, comme une étreinte s'immisçant dans une embrassade, une bourrade se changeant en pluie de coups. Hippolyte retrouve alors Emma toujours plus consentante, et la mijote à des degrés de frustration toujours plus virulents. Elle l'en remercie, agenouillée dans une complaisance un peu humide. Ils s'installent à Yonville, copinent avec un apothicaire qu'Hippolyte fait assez vite chanter, développent un semblant de vie sociale que l'hypocrisie soude encore mieux que les intérêts communs. Voilà qu'un nouveau médecin vient s'installer. Aspirant aux maux, Emma le consulte. L'homme, qui s'appelle, que c'est farce !, Charbovary, s'éprend de cette bourgeoise. Il soigne toutes ses afflictions, reboute la moindre de ses dépressions, cautérise chacune de ses lubies. Les afflictions redoublent de bêtise, la dépression germe en diable, les lubies se reproduisent à qui mieux mieux. Surcroît de travail pour Charbovary. Cause d'éclats de rire pour Hippolyte qui, un jour, n'en pouvant plus de tant d'hilarité, flanque un grand coup de bâton sur la jambe du médecin, qui se met à boiter, boiter, boiter, boiter… Dégoûtée par cette soudaine claudication, Emma sombre dans la boisson, relève de plus en plus ses jupons pour la plus grande joie d'un certain Lheureux, marchand d'étoffes. Enfin, ivre morte du matin au soir, elle finit par se tromper de médication et avale, à son insu, de l'arsenic destiné aux rats. On lui fait ingérer de l'émétique, elle survit, amoindrie, certes, mais reprend le cours normal d'une existence vouée à l'entretien des plates-bandes et des sermons. Hippolyte la quitte un soir de décembre, lui laissant leur fille Berthe sur les bras. On n'entend plus parler de lui, mais le bruit court qu'il est quelque part en Orient, caché dans le sérail de la mythique Kuchuk-Hanem. Homais reçoit, sans raison apparente, la croix d'honneur.

47

Mon front est brûlant. Je me traîne péniblement jusqu'à la fenêtre du chapitre le plus proche et vois défiler, sous mes yeux rougis, le pâle cortège des paragraphes. L'un d'eux retient mon attention :

> ¶ (Les formes du pied disparaissaient dans une telle bouffissure, que la peau tout entière semblait près de se rompre, et elle était couverte d'ecchymoses occasionnées par la fameuse machine.

Un autre le suit de près, traîné par des rosses aux flancs creusés :

> ¶ (Une tuméfaction livide s'étendait sur la jambe, et avec des phlyctènes de place en place, par où suintait un liquide noir. Cela prenait une tournure sérieuse.

Un troisième leur emboîte le pas :

> ¶ (On avait beau varier les potions et changer les cataplasmes, les muscles, chaque jour, se décollaient davantage.

Vaincu, je descends l'escalier invisible et monte à bord d'un des chars de cet interminable défilé :

> ¶ (Mais c'était peut-être un valgus ? exclama soudain Bovary, qui méditait.

Ensemble, nous traversons Yonville, et quand je rouvre les yeux, je nous vois entrer dans Yonville, puis la nuit me contient, je m'endors, me réveille, Yonville est toujours là, non étirée à l'infini telle une rue devenue rail, mais ronde et circonvolutée comme un chou vu en coupe. J'ai bel et bien la fièvre. Ma mâchoire est mauve, douloureuse, il faut faire quelque chose.

48

La gangrène s'étend, elle tord ma langue, fait peler ma voûte palatale, déchausse mes dents, ourle mes gencives. Mon maxillaire saigne noir et dru. Estée me manque. Je chasse la parole de mes poumons en me jetant la tête contre les murs, jusqu'à ce que les os craquent, cèdent, que toute la machine se détraque. J'ai au milieu du visage un trou goulu d'où plus rien ne sort. Qu'on m'ampute, vite, avant que certaines vérités, tels des serpents vomis, m'entourent de leur affection. Personne ? Mes mains trouvent d'elles-mêmes l'immonde serrure buccale. Je triture, griffe, fendille, arrache. (Ce sera long et douloureux, comme une comparaison qui s'attache à un objet pour mieux l'aider à se faire dévorer par un autre.) Des grappes de viande tiède gigotent sur ma paume. Un filet d'humeur relie mes phalanges. Je sens de convulsifs aveux s'engorger de bile au tréfonds de mon tiroir à glotte. Un troupeau de truies se frotte contre mes flancs. Je ne sens plus les draps. Et mon corps pèse plus lourd qu'une décision prise à contrecœur. Le poids d'une plume, je suppose, qu'on n'a plus la force de soulever. La radio se déchaîne dans mon crâne bouleversé d'images, je veux dire dans ma bouche. Un crépitement. L'ampoule qui éclate souffre moins que moi. Je ne suis pas prêt.

Ô, Emma, pardonne-moi. J'ai traîné tes jupons dans des boues qui tardaient à fossiliser l'empreinte de tes pas. Laisse-moi t'accompagner à ta dernière demeure, allez, encore quelques mètres, ne prends pas le bus, pas tout de suite, marchons ensemble comme au bon vieux temps. Je connais le chemin. Nous remonterons la rue sans voir les vitrines qui, elles, nous verront. Je dirai les mêmes mots, mais sans la musique, sans l'air, comme s'il s'agissait de fruits disposés sur une table et non des saveurs incarnées qui cherchent à retrouver la densité de la graine et l'élan de la branche. (Tu vois, toute comparaison n'est qu'un élastique qui vous claque à la gueule – et parfois nous rions, parfois nous nous taisons.) Si c'est la mort que tu veux, Emma, si c'est n'être plus qui te convient le mieux, alors je comprends, et je saurai l'expliquer à Estée quand son souvenir-clou me fendra le bois.

Ça y est, ma bouche est morte. Le temps l'a punie, à force de mastiquer les mêmes leurres. Le nouveau peut entrer, l'ancien sortir, peu importe, ce ballet n'est plus de mon ressort. Côté cour comme côté jardin, les va-et-vient ne sont plus que des ombres laissées par une scie qui ne tranche rien.

J'accepte. Je laisse.

VIII

La démocratie dans le roman

« Voilà le mouchoir de dégoût qu'on m'a enfoncé dans la bouche. C'est bien simple. »

Lettre d'Arthur Rimbaud à Paul Demeny
(août 1871)

l'air raisonnable et fort embarrassé. Ç
large des épaules, son habit-veste d
tons noirs devait le gêner aux ento
voir, par la fente des parements, de
habitués à être nus. Ses jambes, en l
d'un pantalon jaunâtre très tiré pa
était chaussé de souliers forts, mal cir

On commença la récitation des leç
de toutes ses oreilles, attentif comme a
même croiser les cuisses, ni s'appuy
à deux heures, quand la cloche sonna
fut obligé de l'avertir, pour qu'il
dans les rangs.

Nous avions l'habitude, en entrant
nos casquettes par terre, afin d'avoir
plus libres ; il fallait, dès le seuil de
sous le banc, de façon à frapper co
en faisant beaucoup de poussière ; c

Mais, soit qu'il n'eût pas remarqu
ou qu'il n'eût osé s'y soumettre, la p

MADAME BOVARY

ıir raisonnable et fort embarrassé. Q
rge des épaules, son habit-veste d
ns noirs devait le gêner aux ento
ir, par la fente des parements, de
bitués à être nus. Ses jambes, en
ın pantalon jaunâtre très tiré p
ıit chaussé de souliers forts, mal ci
On commença la récitation des l
toutes ses oreilles, attentif comm
me croiser les cuisses, ni s'appu
eux heures, quand la cloche son
obligé de l'avertir, pour qu'
ıs les rangs.

[ous avions l'habitude, en entra
casquettes par terre, afin d'av
; libres ; il fallait, dès le seuil
; le banc, de façon à frappe
aisant beaucoup de poussièr
ais, soit qu'il n'eût pas rem
'il n'eût osé s'y soumettre.

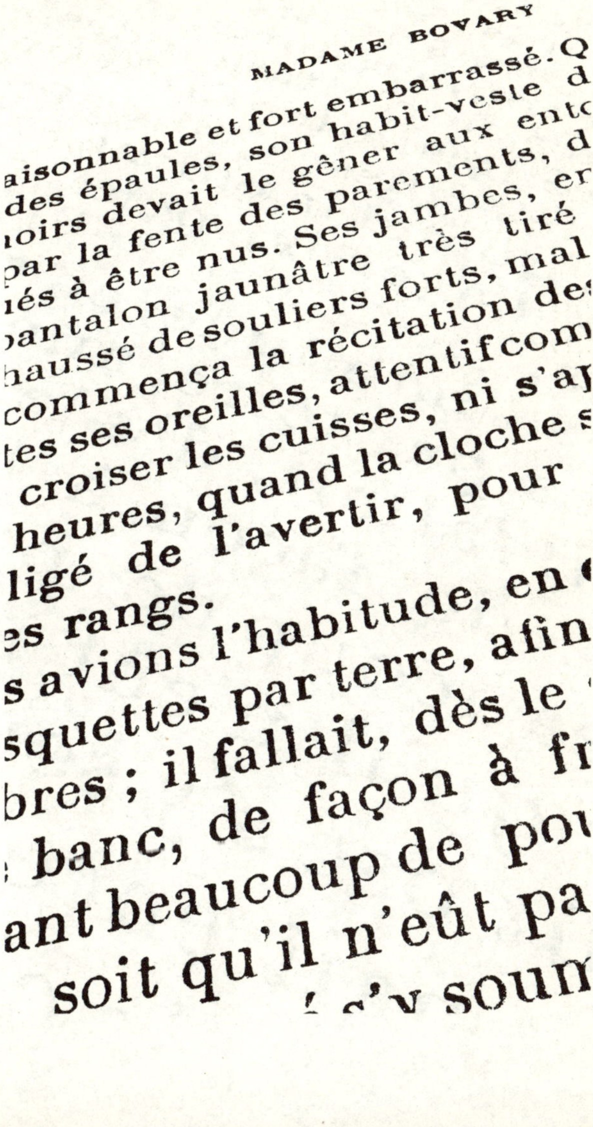

MADAME BOVARY

aisonnable et fort embarrassé. Q
des épaules, son habit-veste d
ıoirs devait le gêner aux ent(
par la fente des parements, d
ıés à être nus. Ses jambes, er
pantalon jaunâtre très tiré
haussé de souliers forts, mal
commença la récitation de:
tes ses oreilles, attentif com
croiser les cuisses, ni s'a]
heures, quand la cloche s
ligé de l'avertir, pour
es rangs.
s avions l'habitude, en
squettes par terre, afin
bres ; il fallait, dès le
banc, de façon à fr
ant beaucoup de po
soit qu'il n'eût pa
s'y soum

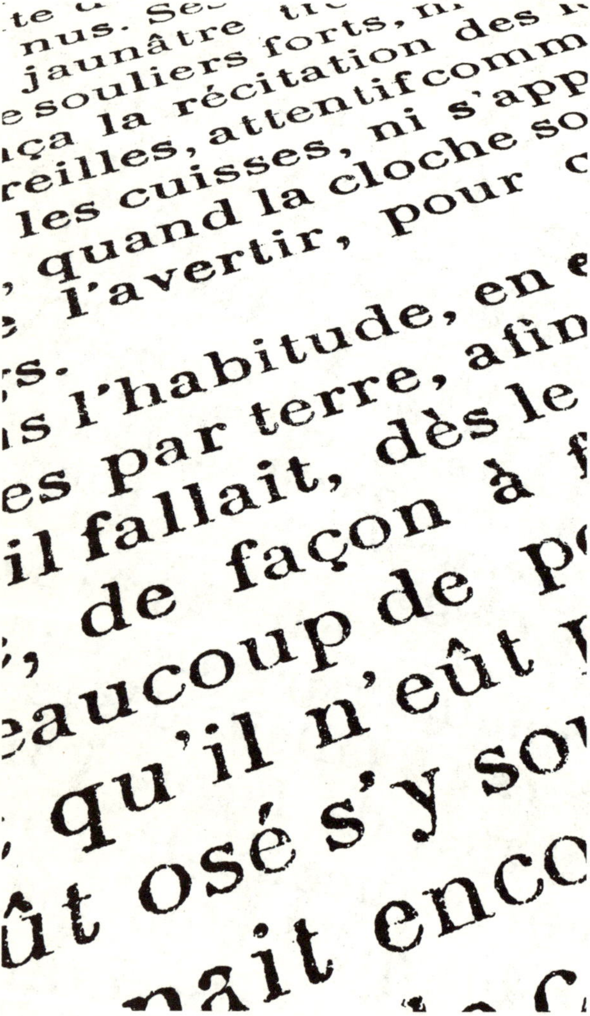
nus. Ses
jaunâtre
souliers forts,
ça la récitation des
reilles, attentif comm
les cuisses, ni s'app
quand la cloche so
l'avertir, pour
l'habitude, en
es par terre, afin
il fallait, dès le
de façon à
eaucoup de p
qu'il n'eût
ût osé s'y so
nait enco

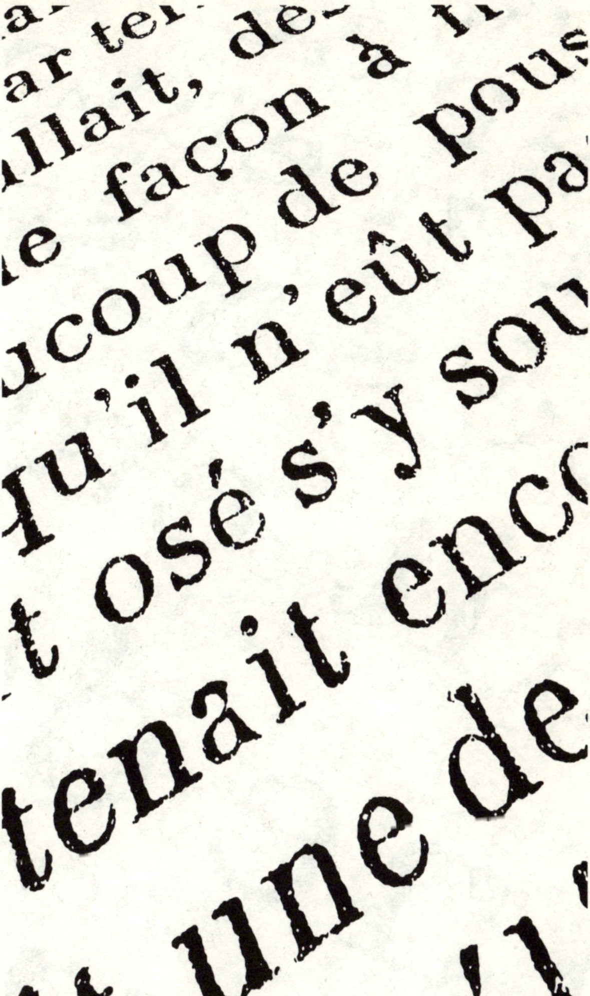
ar te
llait, de
e façon à
ucoup de pous
u'il n'eût pa
t osé s'y sou
tenait enco
une de

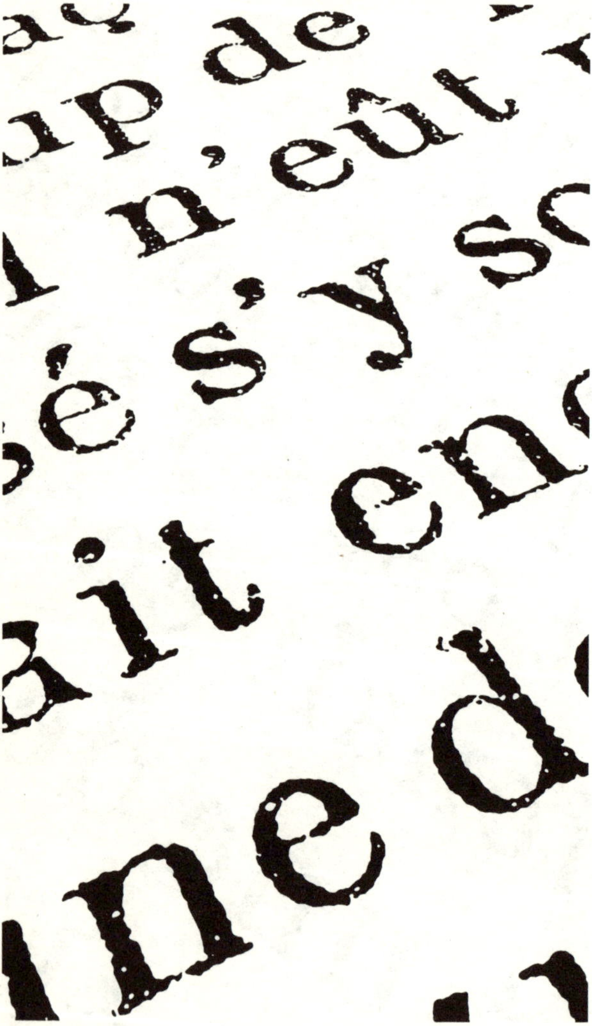
up de
n'eût
é s'y so
ait en
ne d

IX

L'art scénique

« De dire que la même partie d'air *in individuo* qui sort de la bouche de celui qui parle, va frapper toutes les oreilles, cela est ridicule. »

Lettre de René Descartes à Mersenne
(janvier 1630)

50

Qui n'a pas entendu le chant métallique de l'arsenic, auquel se mêlent les rires enchevêtrés du cristal, sa violente distillation dans ce sac à sucs qu'est la mémoire, risque de ne point apprécier à sa juste mesure l'aria qu'ânonne une agonie digne de ce nom.

Cela étant dit, qu'est-ce que l'arsenic ?

51

L'arsenic entre dans la composition de quelques verres étrangers et de quelques alliages, tels que le tain des miroirs de télescope ou le plomb de chasse, et la légende selon laquelle on pourrait venir à bout de son obstination au moyen d'eau albumineuse, c'est-à-dire de blancs d'œufs battus dans l'eau, n'est pas seulement risible, elle est proprement insultante. L'arsenic est commun à tous, susceptible de passion et d'une élégance rare. Il est également mortel, mais la bienséance exige que nous ne nous arrêtions pas à ce genre de détails, sinon nous n'en finirions pas de nous interroger avant de pulvériser un corps et de goûter l'absence de saveur qu'il est censé recéler.

Cela étant dit, qu'est-ce que l'arsenic ?

52

La décomposition de son nom est en soi une douleur. *Arsen,* aux dires des Grecs, signifie l'homme, je veux dire le mâle ; *nikao,* malheureusement, n'a pas d'autre sens que celui de : « je dompte ».

Je dompte le mâle : cette affirmation un tant soit peu inquiétante et à plus d'un égard passablement excitante est donc le nom de ce corps qu'il suffit de réduire en poudre, puis de placer dans l'eau – tel est le destin des choses insolubles… – afin qu'une fois oxydé il livre une partie de lui-même, cette froide substance à laquelle on donnera alors le nom d'acide arsénieux, et dont les propriétés vénéneuses sont suffisamment connues pour qu'on n'ait pas besoin d'aller chercher le Proviseur afin qu'il nous *introduise ce nouveau* (ceux qui dormaient se réveillèrent, et chacun se leva, comme surpris dans son travail, moi le premier).

Cela étant dit, qu'est-ce que l'arsenic ?

53

Ma première cuillerée d'arsenic n'a pas besoin de ma mémoire pour revenir à mes lèvres. La quantité était suffisamment insignifiante pour que la joie issue de sa déglutition outrepasse toutes mes espérances. Deux heures plus tard, je dévorais la moquette et tous ses habitants, qui étaient nombreux, et soupçonneux, et experts en vengeance. Aucun ne ressemblait à Emma, mais tous avaient la même histoire à raconter, une histoire qui commençait quasiment au saut du berceau, puis qui folâtrait et très vite frelatait. Rien n'était clair mais tout le devenait quand Estée et moi communiions sur le lit blanc de l'arsenic. Chaque goutte de pluie avait un nom. Il y avait Xipe Totec, la goutte de l'ouest, du renouveau et de la végétation, tout de rouge vêtue, comme du sang sur son trente et un ; Huitzilopochtli, la goutte du sud, qui veille à la guerre, à la chasse et parfois même au soleil et dont l'œil est bleu ; Tezcatlipoca, la goutte du nord, qui aime bien magouiller avec le ciel, dealer de la providence et inventer le feu – elle est si noire qu'on la voit la nuit ; Tlaloc, la goutte de la pluie et de la foudre, d'une aimable banalité ; bien sûr, la goutte Quetzalcóatl qui préside sur l'est, la vie et la gémellité, et n'a su rien inventer de mieux que le calendrier, ne frappait pas souvent la vitre derrière laquelle nous – mais le Mexique ne viendra pas me sauver, ni maintenant ni plus tard. Je suis l'élu permanent d'Yonville.

Cela étant dit, qu'est-ce que l'arsenic ?

54

L'arsenic n'est pas une matière qu'on se procure aisément. Il se vend au prix fort, sous des porches où même le junkie le plus desséché n'oserait s'avancer. Il faut descendre des marches, pousser des portes, cogner des gueules. Séduire est nécessaire. Tuer peut aider. Mentir n'avance à rien mais reste indispensable. C'est à croire que cette substance a valeur de sentiment. Je parvins donc à m'en procurer quelques grammes. Ça ne pesait pas lourd mais quel artifice ! Deux heures plus tard je tutoyais les fourmis et chantais des cantiques en catalan. J'étais debout, mais parfaitement horizontal. Je tournais à la vitesse d'un diamant encore engoncé dans son prisme de carbone. Le temps était une maquette et la seule colle dont je disposais était la morve qui coulait de mon nez sur ma chemise d'apparat. À peine avais-je inhalé l'arsenic que le Proviseur entra, suivi d'un *nouveau* habillé en caméléon et d'un garçon de classe qui portait une grande oriflamme. Overdose in extremis.

Cela étant dit, qu'est-ce que l'arsenic ?

55

L'arsenic est un philtre d'amour, il forme des phrases avec lesquelles on ne calerait pas la moindre table sur laquelle abattre le poing, il déchire les draps entre ses dents et relie entre eux les astres au moyen d'un câble électrique supportant les plus fortes charges – et c'est pour ça qu'Emma va en prendre. Tout se met en place.

Cela étant dit, qu'est-ce que l'arsenic ?

56

L'arsenic aide à mieux creuser des trous dans la terre – et c'est pour ça qu'Emma va en prendre. On règle l'éclairage.

Cela étant dit, qu'est-ce que l'arsenic ?

57

L'arsenic est un outil en vente partout, qui visse et dévisse, serre et sectionne, perce et soude – et c'est pour ça qu'Emma va en prendre. Les acteurs prennent leurs marques.

Elle ne le sait pas encore.

58

Ah ! tu ne sais pas ! Eh bien ! je sais, moi ! Tu as vu une bouteille en verre bleu, cachetée avec de la cire jaune, qui contient une poudre blanche, sur laquelle même j'avais écrit : *Dangereux !* Et sais-tu ce qu'il y avait dedans ? (L'accessoiriste colle en vitesse l'étiquette sur le bocal.)

59

Je la veux ! Donnez-la-moi.

Le silence, lui aussi, a été demandé. C'est à peine si le clap de début a retenti dans le hangar désert.

60

Toute l'équipe retient son souffle. Emma s'empare de la clé que lui tend Justin, ouvre la porte du laboratoire, se dirige vers la troisième tablette, *tant son souvenir la guidait bien,* elle saisit le bocal bleu, en arrache le bouchon, *en arracha le bouchon,* y fourre sa main, *y fourra sa main,* et, la retirant pleine d'une poudre blanche, elle *se mit,* se met à manger à même. L'accessoiriste baisse les yeux. Je le vois qui recule lentement vers la sortie du studio la plus proche. Le réalisateur le rejoint sur le seuil et lui glisse dans la main une grosse enveloppe. Cut ! s'écrie un assistant désabusé en mordant dans son sandwich au poulet. Une heure de battement le temps de changer de plateau puis on attaque la scène finale.

L'actrice qui joue Emma crache dans un seau que lui tend la maquilleuse. On lui applique un fond de teint cadavérique, on délace son corset, on défait son chignon. Je m'occupe des câbles avec les autres techniciens. Équipe réduite. Film de merde. Tout le monde payé au noir. Le studio est en fait une ancienne usine, désaffectée depuis des lustres, et d'où il a fallu déloger les habitants à coups de menaces musclées. La plupart des scènes de cul ont été tournées en début de semaine dernière. L'acteur qui jouait Rodolphe est parti hier soir, après un pot de départ bien arrosé. La gueule de bois se ressent. Le réal est un sale con, mais il paie cash, à la fin de chaque journée, sans dire merci.

61

La loge – un local crasseux à peine redécoré pour l'occasion – sent le désinfectant et la poudre de riz. L'actrice qui joue Emma boit verre d'eau sur verre d'eau. J'ai soif !... oh ! j'ai bien soif ! répète-t-elle comme s'il s'agissait d'une réplique usée jusqu'à l'os et tel un os prête à s'effriter au fond de sa gorge pour mieux y absorber *l'affreux goût d'encre*. C'est à vous : c'est ce que je lui dis. Je n'ai pas besoin de le penser. Elle sort en titubant et se dirige vers le plateau. Dans son sillage, je remarque un rat crevé près du seau qu'a oublié de rincer la maquilleuse.

62

Tout en déroulant les câbles que je dois fixer au sol avec d'épais rectangles de ruban noir, et ce à intervalles réguliers, tandis que les électros dressent une bâche noire contre la baie de l'entrepôt derrière laquelle un soleil pisseux s'est mis à cogner, je suis enfin en mesure de voir l'actrice de près. La sueur semble suinter de la peau même de son front et c'est comme si ses mains s'écorchaient toutes seules. Le fond de teint verdâtre appliqué par la maquilleuse se crevasse sous l'effet des spasmes de plus en plus rapprochés. Emma se retourne sur le ventre et une bile grise coule d'entre ses lèvres. Dix minutes ! crie quelqu'un derrière moi. Je tends un mouchoir à l'actrice ; nos regards se croisent alors et je vois sourire, sous son masque de douleur, les traits presque déjà oubliés d'Estée.

63

La ressemblance est pareille à un acide ; sitôt décelée, elle entreprend de ronger peu à peu toutes les différences, toutes les incongruités qui font que l'objet reflété n'entretient avec le miroir qu'un rapport très souvent, et purement, métonymique. Mais plus regretté est l'être ainsi renvoyé par ce prisme, et plus les parties rentrées en contrebande dans l'image qui s'offre à nous s'imposent et en imposent d'autres, profitant du climat d'illusion que cette percussion d'échos visuels a déclenché. Ce que nous avons perdu se réapproprie pour ainsi dire le devant de la scène ; peu importe alors la couleur de l'iris ou la tension du sourcil, la longueur par ailleurs variable des cheveux ou même la gracieuse dissonance de la dentition : l'*ancien* dévore le *nouveau* et le rend désirable ou haïssable, c'est selon. Ce n'est pas tant la mémoire qui triche, que le désir qui, cruel en cela à son maître, décrète l'état d'urgence et impose le retour du *même*.

S'agit-il d'Estée, au sens réel – et en ce cas la souffrance qu'elle éprouve explique à elle seule le fait qu'elle ne m'ait pas reconnu –, à moins que la surprise née de cette reconnaissance n'ait été distillée dans la souffrance – ou bien d'une femme lui ressemblant par certains détails élevés désormais au rang d'équivalences, voire d'évidences – peu importe, en fait, puisque son regard m'apprend à l'instant même non seulement qu'elle va mourir mais que je vais vivre. Moyennant une somme sans doute médiocre que ses proches ne toucheront certainement jamais, Estée, ou sa résurgence, sa fatale variante, a accepté d'agoniser devant une caméra – une transaction qu'on n'hésitera pas à trouver choquante mais qui, à bien y regarder, est vieille comme les noces de la lumière et de l'ombre : n'est-ce pas ce deal foireux que concluent les idées de Platon une fois palpées dans la caverne de la lâcheté ?

Moteur !

64

Alors, délicatement et presque en la caressant, je lui passai la main sur l'estomac. Elle jeta un cri aigu. Je me reculai, tout effrayé.

65

Le sentiment d'impuissance a parfois la pureté d'un verre d'eau qui ne peut en aucun cas nous désaltérer. Jamais notre main ne se refermera sur lui ; jamais nos lèvres ne connaîtront sa supposée fraîcheur ; mais nos yeux savourent sa cruelle promesse. Sa menace. On tient à si peu qu'on le brise d'un regard.

66

Puis elle se mit à geindre, faiblement d'abord. Un grand frisson, auparavant ressenti par Flaubert, lui secouait les épaules que l'écrivain avait passées au papier de verre de la fausse compassion, et elle devenait plus pâle que le temps de l'imparfait sur lequel se refermaient ses doigts crispés. Son pouls, inégal comme tout ce qui rythme la conscience, était presque insensible maintenant.

67

La caméra s'approche du futur cadavre d'Emma tel un mufle imbu de ses propres reniflements. La lumière a presque un goût de beurre rance et la peau d'Emma – plus nue qu'au jour de sa révélation dans mes bras – disparaît sous l'idée de moisissure. La notion même de réalité pouvait tenir tout entière dans le concept éculé d'ancien redevenu nouveau.

Pensé-je.

Sur le combo du réalisateur, je vois le visage d'Estée réduit aux dimensions d'une carte de vœux, chacun de ses pores changé en pixel. Le perchman me bouscule, craignant que je ne m'épanche dans le cadre. Il n'y a plus personne sur le plateau. Juste l'homme à la perche, le chef-op – et *elles*.

68

Des gouttes suintaient sur sa figure bleuâtre, qui semblait comme figée dans l'exhalaison d'une vapeur métallique. Ses dents claquaient, ses yeux agrandis regardaient vaguement autour d'elle, et à toutes les questions que je n'osais lui poser elle répondait en hochant la tête ; elle sourit même deux ou trois fois. Peu à peu, ses gémissements furent plus forts. Un hurlement sourd lui échappa, qui n'échappa pas au perchman ; elle prétendit qu'elle allait mieux ainsi que l'exigeait sa maigre réplique et qu'elle se lèverait tout à l'heure. Mais les convulsions la saisirent ; elle s'écria :

69

— Ah ! c'est atroce, mon Dieu !

70

Je m'aperçois alors que j'articule ces mêmes mots en parfaite synchronicité avec Estée. Pour les doubler ? les dédoubler ? les rehausser ? les assourdir ? Souvent, l'être aimé prononce des paroles auxquelles nous offrons un écho impeccable, et chacun croit alors que cette coïncidence est gage d'harmonie, alors que ces deux polarités simultanées ne font que couper le courant et provoquer la nuit totale, le black-out du désir : il n'est pas besoin d'être savant ou clown pour savoir que ce ventriloquisme du cœur préfigure l'extinction de l'élan amoureux.

71

— Il le fallait, mon ami.

72

La caméra repose désormais sur son tripode, œil de verre et de métal à même sa tige optique. Le chef-op a disparu. L'obscène micro velu du perchman ne flotte plus au-dessus de nous. Il n'y a plus qu'Estemma et moi. Nous formons un couple au sens le plus minéral qui soit. J'assiste à sa mort comme on encourage une pierre à la sédimentation et entends presque les supplications de ses cellules dessiquées.

73

— N'étais-tu pas heureuse ? Est-ce ma faute ? J'ai fait tout ce que j'ai pu, pourtant !

74

Mes questions, suivies de cette déclaration d'amour que je sais aussi pénible qu'un lavement – ma réplique, en somme, qui du coup fait de moi l'acteur de ce film qu'on qualifie de snuff pour des raisons linguistiques on ne peut plus triviales, puisqu'en anglais *snuff* signifie « casser sa pipe » – ma *ligne*, comme disent les terminologues, reste coincée en travers de ma gorge, os blanc, cure-dent, sentence.

N'étais-tu pas heureuse ? L'interro-négativité du doute

a ceci de sublime qu'elle se jette du pont depuis lequel elle espérait comprendre le sens du courant.

Est-ce ma faute ? Ce à quoi le pardon ne peut que s'allonger au pied du pardonné, en chienne fataliste.

J'ai fait tout ce que j'ai pu, pourtant ! Assertion au sommet de laquelle s'empale le tout petit dernier soleil de nos revendications, comme un parasol sur un sorbet.

75

— Oui..., c'est vrai..., tu es bon, toi !

Quand l'aimée vous absout, tout vous sied : le temps, l'avant, l'après, le pendant. On sent – pire, on hume – que l'instant, malgré son fragile échafaudage, aspire à durer. Puis on détruit tout. Le parfum s'évapore, la structure flanche. L'ancien rentrera dans le nouveau, et le nouveau maquillera le même. Le Provisoire entrera. Le Provisoire sortira. Les élèves, eux, mettront le feu au pupitre.

76

Et elle me passait, non, me passe la main dans les cheveux, lentement (cet adverbe m'est peigne, m'est consolation). La douceur de cette sensation surchargeait, non, *surcharge* sa tristesse, oui, la surcharge, comme si le verbe simple qu'aimerait rester « surcharger » pouvait, de ses invisibles palans, transformer mes sentiments en poids, en cargaisons – que rien ne fera flotter ; je sens tout mon être s'écrouler de désespoir à l'idée qu'il faut la perdre, quand, au contraire, elle avoue pour moi plus d'amour que jamais ; plus d'amour que jamais ; plus d'amour que jamais ; et je ne trouve rien ; je ne sais rien, je n'ose, l'urgence d'une résolution immédiate achevant de me bouleverser.

77

Achevant de me bouleverser. Enfin !

78

Estée devient Emma devient la gâté-pourrie de Charles dont la casquette, quelques milliards de pages plus tôt, crée le chaos dans cette salle de classe où ce monstre de Proviseur vient d'introduire – l'inconscient ! – du nouveau dans l'ancien, avec la délicatesse d'un vétérinaire palpant l'utérus bovin.

79

J'ai fabriqué Estée à partir de bribes mortes, récupérées sur le cadavre du souvenir d'Estée. Quel droit, ou quel privilège, cet acte charognard me confère-t-il ? Sous mes yeux, la femme que j'ai arseniquée parle. Elle dit : « J'en ai fini avec toutes les trahisons, les bassesses et les innombrables convoitises qui me torturent. Je ne hais personne, maintenant ; une confusion de crépuscule s'abat en ma pensée, et de tous les bruits de la terre je n'entends plus que l'intermittente lamentation de ce pauvre cœur, douce et indistincte, comme le dernier écho d'une symphonie qui s'éloigne. » Elle dit cela et pourtant ne le dit pas. C'est là quelque chose que je peux comprendre. Que j'ai toujours compris.

80

Puis les symptômes s'arrêtèrent un moment ; elle paraissait moins agitée ; et, à chaque parole insignifiante, à chaque souffle de sa poitrine un peu plus calme, je reprends espoir.

81

Le plateau plane dans le vide aplati. Estée est en train de crever la gueule ouverte à même le grabat qu'a disposé ma fantaisie, et la caméra tourne, satellite affamé. Je dépose près d'elle, hors champ, le crucifix qu'elle doit bénir d'un baiser censément définitif.

82

Elle maudissait le poison, l'invectivait, le suppliait de se hâter, et repoussait de ses bras raidis tout ce que Charles, plus agonisant qu'elle, s'efforçait de lui faire boire.

83

Plus Emma souffre et plus Estée en elle affleure, au point que je finis par me dire que la juxtaposition de ces deux personae, leur lutte tangible, n'a d'autre dessein que celui de me fendre. Je suis, somme toute, l'arsenic par lequel advient cette ultime métamorphose. Je suis à moi seul le poison et, partant, l'antidote dont personne ne veut, surtout pas Emma, encore moins Estée. Sous mes yeux se racornit l'oripeau-souvenir que je n'ai pas su approcher de l'allumette, du bout de soufre que je suce encore tel un bébé sa soif. Un réflexe-Homais me fait consulter ma montre, mais en place des aiguilles je ne vois que des mots, enchaînés les uns aux autres et décrivant des danses géométriques dont j'ignore le sens. Quand je relève la tête, Estée n'est plus qu'à quelques millimètres de la mort, ses yeux ne voient que l'ombre de leurs paupières et de ses dents filtre un cri gras. J'approche ma main de son visage mais quelque chose en elle me mord.

84

— Il aurait mieux valu, dit le chirurgien, lui introduire vos doigts dans la gorge.

85

Pour sauver quelqu'un, faut-il plonger dans sa bouche, les mains en premier comme un nageur, plonger à contre-courant de tout ce refus qui vous nie ? Je m'imagine m'introduire en Estée une dernière fois, *la dernière fois*, quand « le refaire » n'est plus de mise, mes coudes cognant contre ses dents et mes épaules écartant ses lèvres, tortillant du bassin pour mieux franchir le goulot de la trachée ou de je ne sais quel conduit menant au centre impossible du corps, puis tout se brouille, la riche flore des humeurs opère tel un anesthésiant, ma volonté changée en élément, en aliment, tout ce qui reste de ma passion se laissant digérer au fur et à mesure que mes os se fêlent, éclatent et disséminent la vaine offrande de leur moelle, Estée enflant et palpitant au fil de cette assimilation, ma peau venant en renfort de la sienne, de l'intérieur, mes membres enfin noués en une bulle mercuriale qui n'attend que son expiration pour initier un microscopique big-bang, retour aux origines, oubli fêté, hop, gobé tout entier, au point que c'est à se demander si je suis mort – la fièvre, n'est-ce pas, joue de ces tours.

L'instant d'avant, Estée, puis plus rien. Dans son corps, je ne sens plus son corps. L'amour qui meurt en sait plus que moi. Je ne suis pas prêt. Et dans cette obscurité que ronge l'arsenic, le provisoire entre, suivi du nouveau déguisé en ancien.

Je pousse un cri que personne ne semble entendre.

86

Il y avait sur la table à ouvrage, recouverte d'une serviette blanche, cinq ou six petites boules de coton dans un plat d'argent, près d'un gros crucifix, entre deux chandeliers qui brûlaient. Emma, le menton contre sa poitrine, ouvrait démesurément les paupières, et ses pauvres mains se traînaient sur les draps, avec ce geste hideux et doux des agonisants qui semblent vouloir déjà se recouvrir du suaire.

87

Les deux flammes plantées à la cime des chandelles sont désormais de part et d'autre de mon corps ridiculement impuissant. Mes chevilles semblent de bois, et mes cuisses à jamais crispées dans leur furie musculaire. Incapable de bouger, je vois les lèvres d'Estée s'approcher de moi – et me sens nu. Du sang peint sèche sur mon front. Un bout de tissu me ceint les reins. J'ai l'impression que tous les nerfs de mes doigts sont aspirés par un trou situé au centre de mes paumes. Ma tête, cassée à la nuque, verse sur mon épaule. Par ondes successives et lumineuses entrent en moi les taupes du père Rouault, à jamais rédimées, sa jambe réparée, et la cravache de sa fille, semblable à un sceptre ; au-dessus de ma tête commence à scintiller une de ces coiffures d'ordre composite, où l'on retrouve les éléments du bonnet à poil, du chapska, du chapeau rond, de la casquette de loutre et du bonnet de coton, une de ces pauvres choses, enfin, dont la beauté loquace a des profondeurs d'expression comme le visage d'un saint, et qui déjà tournoie tel un ruban transparent enfin réuni ; entre mes côtes d'une maigreur salutaire se faufilent les innombrables conviés du dernier bal, comme s'ils avaient enfin appris à danser seuls et pour eux-mêmes ; sous ma poitrine, j'entends crépiter des dominos en or et forniquer innocemment la sage assemblée des comices ; mes yeux, que leur seul poids révulse, distinguent déjà le rebours de toutes choses, et le velours du ridicule m'est soudain écrin.

Une main s'avance, fine et forte, ses phalanges se referment autour de ma forme inéluctablement épurée, m'élèvent lentement dans la nuit du livre et deux lèvres dont je pressens la scission s'approchent de moi sans qu'aucun son en sorte

88

AlorssrolA
elle elle
allongea egnolla
le cou uoc el
comme emmoc
quelqu'un nu'uqleuq
qui a soif, fois a iuq
et, te
collant tnalloc
ses lèvres servèl ses
sur le corps sproc el rus
de l'Homme-Dieu, émiA-emmoH'l ed
elle y déposa esopéd y elle
de toute sa force ecrof as etuot ed
expirante etnaripxe
le plus grand dnarg sulp el
baiser resiab
d'amour ruoma'd
qu'elle elle'uq
eût ait
jamais siamaj
donné.énnod

89

Un quai de métro. Station Strasbourg-Saint-Denis. Six heures moins dix. La première rame arrive, avale, repart. Derrière les sièges en plastique vert, un homme, mi-couverture mi-habit. Des journaux pour oreiller. Une bouteille dépasse de sa poche. Dans ma tête, une phrase tourne et palpite comme un gyrophare de chair : « Il y avait dans la côte un pauvre diable vagabondant avec son bâton, tout au milieu des diligences. Un amas de guenilles lui recouvrait les épaules, et un vieux castor défoncé, s'arrondissant en cuvette, lui cachait la figure ; mais, quand il le retirait, il découvrait à la place des paupières, deux orbites béantes tout ensanglantées. La chair s'effiloquait par lambeaux rouges ; et il en coulait des liquides qui se figeaient en gales vertes jusqu'au nez, dont les narines noires reniflaient convulsivement. Pour vous parler, il se renversait la tête avec un rire idiot ; – alors ses prunelles bleuâtres, roulant d'un mouvement continu, allaient se cogner, vers les tempes, sur le bord de la plaie vive. »

90

Sur le bord de la plaie vive.

91

Et parce qu'il est temps, parce que le nouveau et l'ancien ne peuvent plus rien pour toi, tu t'approches, sous l'œil des caméras de surveillance, du clochard allongé derrière la rangée de sièges en plastique vert, tu te penches sur lui comme si tu voulais lui parler, il sent le vin que tu boiras toi aussi, un autre jour, ou le même, tu te penches et du bout des doigts tu écartes les mèches drues qui protègent ses tics et rictus, et là, pour ainsi dire incrustées dans les trous ourlés de peau mauve qui sont la porte des rêves, tu distingues deux perles s'étirant en larmes d'où coulent deux fils qui disparaissent dans le feuilleté des gilets superposés.

Des écouteurs monte un bruit en apparence métallique, un grésillement, si ténu qu'au début il t'effraie, comme si des centaines d'insectes étaient en train de lui dévorer la cervelle.

Au bout du quai, des vigiles s'avancent, précédés par leur chien muselé de cuir. Ils ne disent rien. Ils ont – encore quelque temps – des consignes.

Tes doigts se rappellent alors combien la délicatesse est affaire de curiosité. Lentement, pour ne pas réveiller l'homme, tu retires les deux écouteurs de leurs dernières demeures et, retenant ton souffle et avec lui l'espoir de revoir Estée, tu les portes à tes oreilles. Les vigiles se sont arrêtés à cinq mètres de toi et leur chien te regarde autant qu'eux.

Le bourdonnement statique se défroisse brutalement, s'épanouit – et la musique t'envahit tout entier. L'accordéon respire tristement dans tes tympans, tu te balances, tu penses. L'accordéon te pense. Tu respires. Les vigiles passent, ils ne t'ont pas vu. Tu n'es qu'un sans-abri – jeune ou vieux, c'est désormais *indécidable* – qui cuve son vin au chaud. Tes gilets sont boutonnés entre eux, gonflés par des pages de journaux que d'autres, à ta place, ont lues. Tu es lui.

Tu t'ébroues un moment, comme sonné, tu te relèves sur un coude et tu bois une gorgée de vin noir puis tu te retournes vers le mur, sans entendre le métro qui freine à quai.

Une vie entière semble s'être écoulée entre ce matin et ce soir, entre la rame précédente et celle-ci. Peut-être as-tu vieilli. La fièvre t'aura saisi, une femme quitté. La musique qui circule dans ton corps et ta mémoire, elle, te semble familière, et tu pourrais, si tu en avais la force, t'offrir le luxe de quelques larmes tièdes. Les pensées pressées des passagers qui se renouvellent à intervalles réguliers se mêlent autour de toi pour former une basse continue. Seule compte désormais la voix qu'égrènent les écouteurs – et qui n'est ni une voix d'homme ni une voix de femme, juste une voix, née de la musique et n'espérant rien d'autre – te dit ceci :

Souvent la chaleur d'un beau jour
Fait rêver fillette à l'amour.

Tu acquiesces en somnolant. Les vigiles, parvenus au bout du quai, ont, sans raison précise, rebroussé chemin. Ils se dirigent à présent vers toi. Ils ont de nouvelles consignes.

Mais la voix n'a pas fini, et derrière elle l'accordéon respire à ta place –

Pour amasser diligemment
Les épis que la faux moissonne,
Ma Nanette va s'inclinant
Vers le sillon qui nous les donne.

– l'haleine rageuse du chien, là, tout contre ta nuque, tu ne la sens même pas. La vie ! la vie ! bander, tout est là ! s'écrie en toi l'instinct qui te sert de pupitre. D'une simple contraction de ta volonté, tu augmentes le volume de la chanson afin de ne pas entendre les premiers coups, les énièmes insultes. Les vigiles te rouent, te trouent, tu dois disparaître.

Au moment où tout ton sang brûlant se répand sur les écouteurs qu'ils vont bientôt t'arracher, tu entends ces mots, amoureusement articulés :

Il souffla bien fort ce jour-là,
Et le jupon court s'envola !

Les vigiles te laissent décliner, te refermer, lentement, entre vie et mort, ni ici ni là. Le fait est qu'à leurs yeux tu vaux moins qu'un livre. C'est pour dire.

92

Ceux qui dormaient se réveillèrent, et chacun se leva, comme surpris dans son travail.

In memoriam
Béatrice Caufman,
la fée qui vient

TABLE

BABEL

Extrait du catalogue

986. KATARINA MAZETTI
Les Larmes de Tarzan

987. STEFANO BENNI
La Dernière Larme

988. IBN HAZM
Le Collier de la colombe

989. ABÛ NUWÂS
Le Vin, le Vent, la Vie

990. ALICE FERNEY
Paradis conjugal

991. CLAUDIE GALLAY
Mon amour ma vie

992. ANTOINE PIAZZA
La Route de Tassiga

993. ASSIA DJEBAR
Nulle part dans la maison de mon père

994. LUIGI GUARNIERI
La Jeune Mariée juive

995. ALAIN BADIOU
La Tétralogie d'Ahmed

996. WAJDI MOUAWAD
Visage retrouvé

997. MAHASWETA DEVI
La Mère du 1084

998. DIETER HILDEBRANDT
Le Roman du piano

999. PIA PETERSEN
Une fenêtre au hasard

1000. DON DELILLO
L'Homme qui tombe

1001. WILFRIED N'SONDÉ
Le Cœur des enfants léopards

1002. CÉLINE CURIOL
Permission

1003. YU HUA
Brothers

1004. ALAA EL ASWANY
J'aurais voulu être égyptien

1005. RACHID EL-DAÏF
Qu'elle aille au diable, Meryl Streep !

1006. SIRI HUSTVEDT
Elégie pour un Américain

1007. A. J. JACOBS
L'année ou j'ai vécu selon la Bible

1008. DANIEL KEHLMANN
Gloire

1009. NANCY HUSTON
L'Espèce fabulatrice

1010. ALBERT SÁNCHEZ PIÑOL
Pandore au Congo

1011. BREYTEN BREYTENBACH
Le Monde du milieu
(à paraître)

1012. MICHEL TREMBLAY
Bonbons assortis

1013. KHADIJA AL-SALAMI
Pleure, ô reine de Saba !

1014. SOROUR KASMAÏ
Le Cimetière de verre

1015. LAURENT GAUDÉ
La Porte des Enfers

1016. SAM SAVAGE
Firmin

1017. WAJDI MOUAWAD
Littoral

1018. ROMAN DE BAÏBARS 5
La Trahison des émirs

1019. ROMAN DE BAÏBARS 6
Meurtre au hammam

1020. MATHIAS ÉNARD
Zone

1021. JEANNE BENAMEUR
Laver les ombres

1022. JÉRÔME FERRARI
Dans le secret

1023. PASCAL MORIN
Bon vent

1024. A. M. HOMES
Ce livre va vous sauver la vie

1025. ANDREÏ GUELASSIMOV
L'Année du mensonge

1026. HANAN EL-CHEIKH
Londres mon amour

1027. WAJDI MOUAWAD
Incendies

1028. DAVID HOMEL
L'Analyste

1029. FABRICE NICOLINO
Bidoche

1030. NAOMI KLEIN
La Stratégie du choc

1031. DARINA AL-JOUNDI / MOHAMED KACIMI
Le Jour où Nina Simone a cessé de chanter

1032. WILLIAM T. VOLLMANN
Pourquoi êtes-vous pauvres ?

1033. CÉSAR AIRA
La Princesse Printemps

1034. INTERNATIONALE DE L'IMAGINAIRE N° 25
Le Patrimoine culturel immatériel,
premières expériences en France

1035. NAGUIB MAHFOUZ
Le Cortège des vivants

1036. RÛMÎ
Le Livre du Dedans

1037. IBN 'ARABÎ
La Profession de Foi

1038. IBN KHALDÛN
La Voie et la Loi

1039. ANNE-MARIE GARAT
L'Enfant des ténèbres

1040. KARSTEN LUND
Le Marin américain

1041. CHI LI
Préméditation

1042. JOSEPH E. STIGLITZ
Le Triomphe de la cupidité

1043. LILIANA LAZAR
Terre des affranchis

1044. YOKO OGAWA
La Marche de Mina

1045. SONALLAH IBRAHIM
Le Comité

1046. SONALLAH IBRAHIM
Cette odeur-là

1047. MOURAD DJEBEL
Contes des trois rives

COÉDITION ACTES SUD – LEMÉAC

Ouvrage réalisé
par l'Atelier graphique Actes Sud.
Achevé d'imprimer
en mars 2011
par Normandie Roto Impression s.a.s.
61250 Lonrai
sur papier fabriqué à partir de bois provenant
de forêts gérées durablement (www.fsc.org)
pour le compte
des éditions Actes Sud
Le Méjan
Place Nina-Berberova
13200 Arles.

Dépôt légal
1re édition : avril 2011
N° d'impression : 11-1042
(Imprimé en France)